학교를 말할 때 내가 하고 싶은 이야기

학교를 말할 때
내가 하고 싶은 이야기

우리가 서로를 성장시킨 학교

왜, 지금
학교 이야기를 쓰는가

무라카미 하루키는 『달리기를 말할 때 내가 하고 싶은 이야기』에서 이렇게 말했다.

"학교에서 우리가 배우는 가장 중요한 것은 '가장 중요한 것은 학교에서는 배울 수 없다'라는 진리이다."

그 문장을 읽는 순간, 나는 한동안 책장을 넘기지 못했다.

솔직히 말하면, 나는 그 말에 고개를 끄덕였던 사람 중 하나였다. 왜냐하면 80년대에 초등학교를 다니고 90년대에 고등학교를 졸업한 사람이라면 무라카미의 말이 무엇을 겨냥한 것인지 어렴풋이 짐작할 수 있기 때문이다. '그랬지 뭐'하고 씁쓸하게 웃게 되는, 그런 문장.

'학교 밖이 더 풍요롭다'고 믿었던 나는 시간이 흐르고 학교의 구성원으로 다시 학교를 바라보게 되었다. 선생님도 되었다가 학부모도 되었다가 내 아이와 동갑인 아이들과 지내면서 정말 학교에서 배워야 할 중요한 것을 하루키 스스로 놓친 것은 아닐까? 가슴을 바운스하게 만드는 사람을 알아차리지 못했던 것은 아닐까?

학교라는 공간이 완벽해서가 아니라, 그 공간 안에서 스쳐가는 사람 속에서 배움이 일어난다는 것을 몰랐던 것은 아닐까 생각하게 되었다.

우리는 학교에서 밉고, 사랑스럽고, 미숙하고, 찬란한 사람들을 만난다.

어쩌면 다른 어디에서도 한 자리에서 이렇게 다양한 인간 군상을 만날 수는 없을 것이다.

그 다양한 사람들은 학교 안에서는 '역할'로 연결되지만, 학교 밖에서는 내 삶을 흔들고 지탱해준 '사람'으로 기억된다. 학교는 지식을 배울 뿐만 아니라, 사람을 배우는 곳이다.

학교에서 만난 아이들은 서로를 자라게 하고, 학교 구성원의 한마디 말은 서로의 흔들린 마음을 다잡게 한다. 우리는 그 관계 안에서 어른으로, 동료로, 인간으로 계속 성장한다.

이 책은 하루키의 문장에 대한 조용한 반박이다.

"가장 중요한 것은 학교에서는 배울 수 없다"는 문장 뒤에,

나는 이렇게 덧붙이고 싶다.

"하지만 학교에는 인생을 배우는데 가장 중요한 '사람'이 있다."라고

손 닿는 곳에 스마트폰이 있고, 필요한 정보는 유튜브와 검색이 더 빠르다. 궁금하면 AI에게 묻는 시대다. 그래서 우리는 점점, 사람과 관계를 맺는 시간을 잃어가고 있다. 그러나 가장 평범한 사람을 만나고, 그 평범함 속

에서 인생을 배울 수 있는 곳은 여전히 학교다. 하루키가 놓쳤을지 모르는 그 '평범한 사람들'의 이야기를, 우리는 함께 엮어보고자 한다.

학교라는 공동체를 이루고 있는 다양한 역할의 사람들이 쓴 글이지만, 우리는 그 구분을 내려놓고 사람이 사람을 만나 겪는 감정의 여정으로 묶고자 한다.

이것은 한 학교의 기록이 아니다.

누구나 지나온, 혹은 지나갈 '관계의 성장 서사'다.

그리고 언젠가 누군가에게, 학교가 여전히 가치 있는 이유를 증명하는 책이 되기를 바란다.

김영미

차 례

1부 🛫 불안과 설렘 사이 '처음'이라는 계절

2부 🛫 사람이 사람을 키운다 함께라서 자란 우리

3부 🍠 부딪히고 흔들리며 어른이 되어가는 중

4부 🍠 남은 빛을 건네는 일 다시 누군가를 안아줄 차례

01.

불안과 설렘 사이

정 하 진

봄이 겨울에게

2024년 3월 아직까지는 차가운 공기가 나를 맞이해 준다. 따뜻한 엄마의 품을 벗어난 현실을 다시금 복기시켜주는 이 차가운 바람이 얄밉기만 하다.

눈으로 뒤덮인 주변 풍경을 바라보며 택시를 타고 십여 분을 멍때리다 보면 나의 새로운 집과 마주할 수 있다.

불안과 설렘 사이('처음'이라는 계절)

기숙사 생활, 진정한 어른이 된 것 같은 설레는 기분과 섭섭한 마음이 공존한 체 그렇게 시작되었다.

주변을 둘러보니 모두 부모님과 함께 커다란 짐 박스를 옮기느라 분주했다.

어쩐지 혼자 무거운 캐리어를 끌고 온 내가 까마득히 작게 느껴지는 날이다.

안으로 들자 오래된 벽지 냄새와 발바닥이 따가울 정도로 뜨거운 방바닥이 나를 반겼다.

이 어색한 공간이 이젠 내가 살아갈 공간이라는 사실이 아직은 와닿지 않는다.

금방이라도 옷 정리하라는 엄마의 잔소리가 들릴 것 같은 기분이었지만, 이제 이곳엔 내게 잔소리해 줄 엄마도, 항상 귀찮게 구는 동생도 없다. 서운할 정도로 조용한 공간이었다.

새학기 첫날은 걱정과 달리 정신없이 지나갔다. 새로운 친구를 사귀고, 사람들과 지내는 것은 내게 그리 힘든 일이 아니었다. 나는 곧잘 웃었고 분명 재미있는 사건들도 많았다.

그러나 마음 한편에 자꾸만 공허한 마음이 차올랐다.

누가 괴롭혀서도 미움받아서도 아닌 그저 익숙한 온기 속에서만 살아온 내가 낯선 공간에서 스스로를 어떻게 지켜야 하는지 몰랐던 것이다.

모든 것이 새로워질수록 그 온기들이 그리워졌다.

웃고 떠들며 하루를 보내도, 마음 한편엔 여전히 엄마의 목소리와 집의 냄새가 남아 있었다. 그 따뜻함이 없는 하루하루는 분명 낯설었다.

그 시기에 나는 한 가지 사실을 알게 되었다. 그리움이라는 감정은 마음속에 오래 두면,

어느새 우울로 변한다는 것.

그 작고 아련하던 감정이 점점 커져서 나를 삼켜버릴 수도 있다는 걸 그때 처음 느꼈다.

그렇게 반년쯤은 그냥 흘러갔다. 학교에 적응하지 못한 채, 전학을 갈지, 그만둘지 같은

생각만 계속 맴돌았다. 사람들 사이에 섞여 있으면서도 이상하리만큼 외로웠고, 누구에게도 속마음을 털어놓지 못했다. 아마 그때 나는 사람을 믿는 방법을 잊었

었던 것 같다.

나와 다른 지역에서, 너무나 다른 일생을 살아온 새로운 사람을 만난다는 것은 내 생각보다 훨씬 두려운 일이었다.

그런데 이런 나를 붙잡아준 건, 결국 사람이었다.

나의 새로운 담임선생님은 언제나 내 얘기를 진심으로 들어주셨다. 내가 전학을 가겠다고 말했을 때도, 자퇴를 고민했을 때도, 그 선택을 나보다 더 깊고 세심하게 고민해 주셨다.

그의 따뜻한 말 한마디, 믿어주는 눈빛 하나가 이상하게 마음속에 오래 남았다.

그리고 내 곁에는 이유 없이 나를 믿어주던 친구들이 있었다.

겨우 반 년, 서로를 전부 알지도 털어놓지도 않은 관계. 그럼에도 조용히 기다려주고,

별일 아닌 듯 웃어주는 그 모습에서 굳었던 마음이 조용히 녹아내렸다.

그 믿음들이 천천히, 조금씩, 조용히 모여 공허했던

마음을 점차 채워 나갔다.

어색함과 그리움 속에 가려 보지 못했던 사람들, 그들
은 언제나 내 곁에 있었다.

그때 알았다. 사랑은 꼭 익숙한 온기 속에서만 자라는
게 아니라는걸.

아, 나는 이곳에서 또 다른 형태의 사랑을 만났구나.

불안과 설렘 사이('처음'이라는 계절)

'있잖아.'
이 말 한마디를 나에게 묻는다

'있잖아'

이 말 한마디에 얼마나 많은 말이 담길 수 있는지, '있
잖아'란 질문 뒤에 수백, 수천 가지의 질문이 붙는다. 매
일같이 새로운 질문에 매일같이 새로운 의문을 품는다.
그렇게 나는 의문만 늘어난다.

새로운 환경, 새로운 인연들. 모든 게 즐겁고 행복했

다. 너무나 노력했기에, 그만큼 간절했기에 올 수 있었던 학교. 나에겐 말로는 다 설명 못할 정도로 의미있는 학교였다. 그런데 주변 친구가 늘어갈수록, 많은 활동을 할수록 나만 뒤처지는 기분이 들었다. 작은 우물 안에서 살던 개구리는 세상 밖을 모르듯, 나도 아무것도 몰랐다. 난 언제나 그림으로는 잘한다 소리를 들으며 컸고, 칭찬만 들으며 자란 온실 속 화초와도 다름이 없었다. 그런데 아주, 아주 조금 더 넓은 세상에 발을 디뎠을 뿐인데 내가 평범하단 걸 너무나 뼈저리게 깨달아버렸다. 주변 친구들과 함께하는 시간이 늘어갈수록 나의 단점만 더 부각되는 느낌이 들었다. 쟤는 저걸 잘하는데 나는 왜 저걸 못할까. 얘는 이걸 잘하는데 나는 왜 이걸 못할까. 자꾸만 샘이 났고 남몰래 그 애들을 질투했다. 가장 친하고 가장 소중하다 여기면서도 그 친구들이 잘될 때마다, 칭찬을 들을 때마다 알 수 없는 감정이 나를 집어삼켰다. 너무나 미워 보여서 더더욱 내가 싫어졌었다. 가장 소중한 친구들인데 이런 마음이 들어도 되는걸까 하는 생각이 나를 죄책감 들게 했다. 나는 1년을 그렇

'있잖아.' 이 말 한마디를 나에게 묻는다

게 보냈다. 그저 남들을 시기 질투하고 미워하고 또 죄 책감 들어하고 마음은 곪아갔다. 어떤 날은 일기를 쓰며 이 감정을 눌렀고, 또 어떤 날은 소리를 질러댔다. 그래 도 안 풀리는 날에는 아주, 아주 서럽게 울어댔다. 그렇 게 남몰래 감정을 덜어 냈지만 그럴수록 난 더 외로워질 뿐이었다. 하루하루 커지는 열등감에 자기 스스로가 싫 어지는 나날들이 이어졌다. 그런 나에게 나는 질문을 던 졌다. 이유는 없었다. 그저 난 왜 이 모양일까. 난 왜 모 자랄까. 이런 생각을 하다가 떠오른 질문이었다. 맥락도 이유도 없는 그저 의문.

'있잖아, 나는 왜 질투하는 거야?'

그 질문이 머리에 떠오르고부터 나는 계속 고민했다. 나는 왜 질투하는지, 왜 열등감을 느끼는지에 대해서 밤 낮으로 고민을 했다. 그런데, 그렇게 오래 고민을 했는 데, 막상 그 질문에 대한 답은 너무나 간단했다. 나에겐 없는 것이니까. 그저 그게 다였다. 나에게 없으니, 내가 못하니 질투하는 거였다. 그 간단한 답을 찾기 위해 난 너무나 먼 길을 돌아왔었다. 나에게 없는 것에 샘이 나는 것은 인간이라면 당연한 감정인데, 왜 그렇게 힘들어 했는지 과거에 내가 안쓰러워 보였다. 그런 안쓰러운 나를 위해서라도 나는 바뀌어야 했다. 그래서 매일같이 생각하고 질문했다. '있잖아' 이 말 뒤에 붙을 수 있는 수백, 수천 가지의 질문들을 매일같이 고민했다. 때론 답을 못 찾기도 했고, 때론 나 자신의 밑바닥을 보는 기분도 들었다. 그래도 나는 나 자신을 알아갈 수 있었고, 소중한 사람들을 있는 그대로 볼 수 있는 사람이 되어가고 있다. 또 누군가에게는 부러운 사람이 되어가고 있었다. 주변 사람에게서 내가 배울 수 있는 것을 배울 수 있었고, 내게 부족한 부분을 채울 수 있었다. 나는 사람들에게서 앞으로 나아가는 걸 배웠다. '있잖아' 이 질문은 나 자신을 드러내고 알아가는 질문이다. 나에 대한 의문이 드는 사람들에게, 나를 알고 싶은 사람들에게 '있잖아' 이 물음을 묻고 싶다. 우물 안 개구리가 세상을 보는 과정을 알아가는 것처럼 온실 속 화초가 자연에서 살아가려 하는 것처럼, 새로운 세상에 적응하려는 우리에게 삶에 치여도 괜찮다고, 남을 시기 질투해도 괜찮다고, 자

'있잖아.' 이 말 한마디를 나에게 묻는다

신에게 없는걸 질투해도 좋다고, 우리는 그 속에서 성장해가는거라고 '있잖아' 이 물음으로 묻고 싶다. 새로운 세상을 살아가며 새로운 인연들을 만난다면 그들도 우리와 같은 고민을 하고 있을 것이다. 남을 시기하고 또 부러워 할 것이다. 이건 인간이라면 당연한 일이니까. 그러니 우리는 앞을 보고 배워나가면 되는 것이다. 물론 그 길이 쉽지만은 않을 것이다. 분명히 넘어지고 다치고 또 속이 곯아버릴 수도 있다. 그래도, 그런 일이 있다면 가만히 앉아 생각하자. 천천히, 또 차분히 고민해보자. '있잖아' 이 질문에 대해 알아가면 또 앞이 보일테니까. 우리는 우물 안에서 나온 어리숙하고 아직은 세상을 모르는 개구리니까 모르는 것은 배워나가자. 나중에, 한참 나중에, 지금을 돌아봤을 때 웃을 수 있다면 다시 이 말 한마디를 물업자.

"있잖아, 세상을 알 것 같아?"

불안했던 봄,
나를 꽃 피워준 말

내겐 초·중·고를 다니며 가장 기억에 남는 선생님이 한 분 계신다. 17살, 처음 강원애니고에 입학했을 때는 모든 것이 낯설고 서툴기만 했다. 그래서인지 고등학교에서 처음 만난 선생님이라는 존재는 더 특별하게 느껴졌던 것 같다.

시간이 꽤 흘렀지만, 아직도 아침마다 가장 일찍 나와

밝게 웃으며 우리를 맞아주시던 선생님의 모습이 눈앞에 선하다. 마치 아무것도 그려져 있지 않던 백지 같은 내 세상에 알록달록한 색을 더하는 법을 알려주신 분이었다.

특히 기억에 남는 에피소드는 두 가지 정도가 있다.

첫 번째는 학기 초, 진로 고민으로 밤을 지새우던 시기였다. 고2부터 본격적인 입시 준비가 시작되다 보니, '미리 길을 정해두어야 하지 않을까?'라는 생각이 나를 계속 압박했다. 무엇을 해야 할지 막막했고, 도무지 미래가 보이지 않았다. 결국 당시 담임 선생님이셨던 소선 쌤께 상담을 요청드렸다.

사실 큰 기대는 없었다. 누가 내 고민을 단번에 해결해 줄 수 있다고 믿지도 않았다. 그런데 상담이 시작되고 조심스레 고민을 꺼내놓자, 쌓여 있던 감정도 함께 흘러내리는 듯했다. 한참을 푸념하던 나에게 쌤은 "아무도 너의 인생을 대신 살아주지 않아. 그러니까 너의 행복을 기준으로 미래를 그려보렴."이라고 말씀해 주셨다.

단순한 문장이었지만, 그때의 나에게는 무엇보다 필요한 말이었다. 주변 사람들은 특기를 살려 돈과 명예를 노리라는 말만 했기 때문에, 내 마음을 온전히 바라봐주는 사람은 거의 없었다. 그날 선생님의 말씀을 들은 뒤 깨달은 점이 있었다. 위로가 되는 말이나 고민을 해결해주는 말은 꼭 거창할 필요가 없다는 것. 정말 좋은 말은 진심을 다해 '그 사람을 위한 말'을 건네는 데서 나온다는 것. 비록 한마디뿐일지라도, 그 한마디에 진심 한 트럭을 담아주는 마음이 중요하다는 걸 그때 처음 배웠다.

두 번째 에피소드는 '학교가 정말 집처럼 느껴졌던 순간'에 관한 것이다. 체육대회 준비로 슬라이딩을 너무 많이 해 무릎을 심하게 까진 적이 있었는데, 그 여파로 바지에 작은 구멍이 여러 개 생겼다. 그런데 나는 그런 것도 모르고 계속 입고 다녔다. 겨울바람이 구멍 사이로 솔솔 들어와 무릎이 시려왔지만 그러려니 했다.

그 모습을 보신 소선쌤은 안쓰러우셨는지 흔쾌히 "바지 좀 건네줘, 내가 꿰매줄게."라고 말씀하셨다. 그렇게 선생님의 손을 거친 바지는 더 튼튼하게 변신했고, 덕분에 나는 그 추운 겨울을 누구보다 따뜻하게 보낼 수 있었다.

선생님은 늘 우리 반 친구들을 "내 새끼들~"이라고 부르시곤 했는데, 나는 그 말이 참 좋았다. 정말 집처럼 편안하고 따뜻하게 느껴졌기 때문이다. 그래서인지 선생님의 존재는 언제나 '당연한' 것처럼 느껴졌다.

하지만 만남이 있으면 이별도 있는 법. 학기말이 다가오고, 겨울 방학식이 코앞으로 다가왔을 때 이별의 순간이 점점 현실로 느껴졌다. 예전에는 이별을 받아들이는 것이 참 어려웠다. 사실 지금도 그렇다. 정든 순간이 한마디 인사로 끝나버린다는 게 늘 서운했기 때문이다.

그래서 나는 이렇게 생각하려 한다. '만남이 있었기 때문에 이별이 있는 것'이 아니라, '이별이 있었기에 우리는 만날 수 있었다'라고.

고1이라는, 처음 만난 친구들과 새 환경 속에서 흔들리던 나의 봄에 소선쌤은 '스스로 꽃피우는 법'을 알려주셨다. 누구에게나 따뜻한 계절을 만들어주는 사람이 있다고 한다. 선생님이 내게 그랬던 것처럼, 선생님의

불안했던 봄, 나를 꽃 피워준 말

계절에도 따스한 일들만 가득하기를 진심으로 바란다.

소선쌤, 선생님의 숲에서 자랄 수 있었던 나무였기에 정말 행복했습니다!

아직 제대로 정리되지 않은
학창 시절의 기억들이 있다

아직 제대로 정리되지 않은 학창 시절의 기억들이 있다. 기억이라고 부르기엔 설명하기 어려울 정도로 흐릿하고, 잊혔다고 하기엔 가끔씩 무의식적으로 튀어나오는 조각들이다. 시간이 더 지나면 자연스럽게 정리되겠지만 지금의 나는 여전히 그 한가운데에 서 있다. 그래서인지 과거를 떠올리는 시간이 조금 더 많아진 것 같다.

　나는 학교에서 늘 학생의 신분으로 살긴 했지만 사실 더 정확히 말하면 내가 어떤 사람인지 알아가는 중인 사람이었던 것 같다. 성적이나 규칙이 내 행동을 결정하는가 보단, 내가 어떤 말투를 쓰고 어떤 사람을 좋아하며, 어떤 상황에서 불편함을 느끼는지를 알게 된 그 깨달음이 더 의미 있고 컸던 것 같다. 물론 그걸 알기 위해 여러 번 실수했고, 때로는 내 행동이 누군가에게 상처가 된다는 걸 뒤늦게 알기도 했다.

　그 시절을 떠올리면 큰 사건보다 그런 사소한 순간이 더 잘 기억난다. 싸움이 났다며, 복도에서 소리치던 과일 트럭보다 큰 친구의 목소리와, 방과후에 가기 싫어서 변명거리를 생각하던 순간 같은 것 말이다. 누군가에게는 별것 아닌 장면들이겠지만, 그런 순간들 속에서 나는 조금씩 변하고 있었던 것 같다.

　친구 관계도 마찬가지였다.

　항상 함께할 거라고 생각했던 친구들과는 다른 고등학교를 선택하면서 자연스럽게 거리가 생겼다. 큰 다툼

아직 제대로 정리되지 않은 학창 시절의 기억들이 있다

이 있었던 것도 아닌데 어느 순간 연락이 줄고, 만나는 일이 거의 없어졌다.

그때 처음으로 관계라는 건 노력만으로 유지되지 않을 수도 있다는 걸 알았다. 몸이 멀어지면 마음도 멀어지나보다 라는 말도 그제서야 이해하게 되었다. 물론 그렇기에 그 사실이 크게 충격적이진 않았지만, 마음 한쪽이 허전해지는 느낌은 분명 있었다. 가끔 폰에 저장된 예전 사진을 보면 아직도 묘한 기분이 든다. 너는 카메라를 보며 밝게 웃고 있었고 그때는 정말로 그 순간이 영원할 줄 알았다. 하지만 시간이 지나면 각자 다른 방향으로 가는 게 당연하다는 걸 조금 늦게 이해하게 되었다.

요즘 나는 내 학교생활을 다시 점검해 보고 있다.

지금의 흐름이 나에게 잘 맞는지, 지금 이대로 2학년·3학년을 지나가는 게 괜찮은지 스스로에게 질문하고 있었다. 그러다 보니 1학년을 다시 시작하는 선택도 고민하게 됐다. 물론 이 글을 쓸때에는 아직 자퇴한 것도 아니고, 구체적으로 정해진 것도 없지만, 지금의 내

불안과 설렘 사이('처음'이라는 계절)

가 편한 속도와 선택지는 무엇인지를 생각하다 보니 자연스럽게 떠오른 선택지다. 누군가는 돌아가는 길 같다고 말할지 모르지만, 나에게는 다시 맞추기 위한 과정에 가까웠다. 조금 멈춰서 내 방향을 다시 살핀다고 생각하면 그리 부정적이진 않다.

이런 생각을 하게 되면서 지금 느끼는 모든 감정과 추억이 될 순간들이 소중하게 느껴졌다.

수업 시간의 분위기, 급식 시간, 함께하는 조별 과제, 그리고 그 순간 나 자신이 어떤 표정을 짓고 있는지 같은 것들 말이다. 전에 비해 조금 더 생각하게 되었고, 조금 더 신중해졌다. 지금처럼 과거의 나와 지금의 나를 비교해 보는 시간도 생겼다. 좋아진 부분도 있지만 여전히 고쳐지지 않는 부분도 있다. 하지만 예전보다 나를 객관적으로 볼 수 있게 된 건 확실한 것 같다.

돌아보면 학교는 단순히 수학과 과학 같은 지식을 배우는 공간이 아니었다.

나는 여기에서 사람과 함께하는 법을 배우고, 사람들과 대화하고, 그들과 공감하는 방법도 다시 배웠다. 상

아직 제대로 정리되지 않은 학창 시절의 기억들이 있다

대방의 말투 하나에 내가 왜 영향을 받는지, 어떤 말들은 왜 쉽게 잊혀지지 않고 마음속에 남아버리는지, 왜 어떤 날은 혼자 있고 싶은지 같은 것들을 조금씩 이해하는 중이다. 당연하게도 교과서에서는 실려있지 않으며, 배우지 않는 것들이지만 일상 속에서 반복적으로 마주치다 보면 자연스럽게 생각하게 된다. 그리고 이런 과정 자체가 나를 조금씩 바꾸고 있다는 것도 느끼고 있다.

앞으로 내가 어떤 선택을 할지는 아직 모르겠다.

지금 학교에 그대로 남아도, 다시 시작해도, 크게 틀린 선택은 아닐 것이다. 중요한 건 어떻게든 무언가를 계속 배우고 있다는 사실이고, 그건 지금도 변하지 않는다. 10년 뒤에 이 시기를 돌아본다면 아마 크게 특별한 사건으로 기억나진 않을 것이다. 아예 기억이 나지 않을지도 모른다. 단지 이때 이런 고민을 했고, 그 고민이 그때의 나를 조금은 정리해 줬다는 정도로 남겠지. 하지만 그 정도면 충분하다고 느낀다. 나에게 지금의 고민은 그만한 의미가 있다.

그래서 오늘도 나는 예전과 크게 다르지 않은 하루를

불안과 설렘 사이('처음'이라는 계절)

보내면서도, 속으로는 내가 어떤 상황에 어떤 선택을 해야 할지 정리해 보고 있다. 어떤 방향으로 가든 지금보다 더 나은 내가 됐으면 좋겠다는 생각 정도만 가지고. 이 시기는 언젠가 지나가겠지만, 지나가기 전까지는 나에게 필요한 과정이라고 믿는다.

나한테 학교는 그런 곳이었다.

수많은 선택지를 주며, 나를 계속 성장시키는 공간.

행동 하나하나에 의미를 부여해 주는 공간.

아직 제대로 정리되지 않은 학창 시절의 기억들이 있다

슬픈 눈물의 새 학기 첫날,
그 눈물이 기쁨으로 바뀐
다음 날

새하얀 눈들이 내 고등학교 입학을 축하해주듯 소복하게 쌓여 있었다. 나도 눈들의 응원에 힘입어 교실 문을 열었다. 그러나 너무나도 조용해서 숨이 턱 막힐 것 같은 공기에 압도당한 나는 바로 눈앞에 있는 앞자리를 찾아 재빨리 주저앉았다.

"안녕, 넌 뭐 좋아해?", "나 애니 캐릭터!"

처음 만난 친구들은 조금씩 말을 트며 어색함을 풀어 갔지만, 나는 여전히 핸드폰만 바라본 채 손을 꼼지락거리기만 했다. 그 대화 속에 나도 끼고 싶었는데, 어째선지 내 입이 철문처럼 꾹 닫혀버렸다. 이후 처음 뵙는 담임선생님과 함께 친구들과 친해지는 시간도 가져보고 이야기를 나누어 봤지만, 여전히 어색한 분위기가 느껴졌다. 그때, 점심시간을 알리는 종소리가 울렸고 친구들은 하나둘씩 모여서 밥을 먹으러 갔다. 하지만 나는 같이 밥을 먹을 사람이 없었다. 가슴에 무거운 돌을 짊어진 것 같았다.

'엄마한테 친구 잘 사귀고 온다고 말했는데….'

급식 줄 앞에는 이미 서로를 알아가는 소리로 가득했다. 내 급식 판에는 하얀 밥과, 보들보들한 노란 계란찜, 붉은 김치, 바삭한 생선까스, 여러 가지 재료들의 부대찌개, 딸기 한 개가 담겼다. 급식 판의 메뉴는 쓸쓸했던 나의 하루를 말해주는 듯했다.

소복하게 하얀 눈이 내렸다. 입학이 기대되어 마음이 보들보들하고 볼이 붉어졌다가 친구 사귀기가 어려워

슬픈 눈물의 새 학기 첫날, 그 눈물이 기쁨으로 바뀐 다음 날

마음이 바삭해져 부서져 버렸다. 친구들은 이미 여러 명의 무리를 이루었으며, 나는 딸기 하나처럼 혼자가 되었다.

나는 우울한 마음에 숟가락을 들어 밥을 입에 욱여넣었다. 그냥 하얀 밥이었는데도 너무 맛있었다. 그래서 더 슬펐다. 이 맛있는 것을 친구들과 함께 먹지 못하고 나 혼자서 먹는다는 게. 다른 반찬과 국도 입을 댈수록 더 맛있어졌고 슬픔도 배가 되었다. 목구멍에서부터 눈물이 올라와 내 눈가를 촉촉하게 적셔가고 있었다. 눈물이 흘러내리기 전에 빨리 급식 판을 싹싹 비우고 자리를 떠났다.

"여보세요. 학교 어땠어?"

온종일 그리워했고, 가장 듣고 싶었던 엄마의 목소리에 눈물이 저절로 흘러나왔다.

나는 목이 멨지만, 전혀 슬프지 않은 척 말했다.

"아, 뭐… 새 학기니까 더 봐야지."

얼렁뚱땅한 대답에 엄마는 눈치를 챈 것 같았지만, 뭐라 하지 않았다.

불안과 설렘 사이('처음'이라는 계절)

"그래, 이따 봐."

전화가 끊어진 뒤, 벽에 기대며 꾹 참고 있던 눈물을 소리 없이 뚝뚝 흘렸다. 그간 몇 년 동안 친구가 없다는 것을 경험하지 못한 탓인지 이야기 나눌 친구가 없다는 것은 나에게 큰 충격이었다. 내가 가장 좋아했던 급식 시간이 이젠 다시는 오지 않았으면 하는 시간이 되었다. 또 학교 가기를 좋아했던 나는 다음날이 학교 가는 날이 아니기를 바랬다.

그러나 다음 날, 다시 원치 않았던 점심시간이 찾아왔다.

무거운 발걸음을 질질 끌면서 급식을 받고 주변을 돌아봤다. 혹시 나와 같이 밥을 먹을 애들이 있을까 싶어서. 그때 한 친구와 눈이 딱 마주쳤다. 잠시 머뭇거리다가 나에게 손짓을 했다.

"밥, 같이 먹을래?"

친구의 말에 나는 발걸음이 가벼워졌고 그간 고민거리가 싹 날아간 것 같았다.

"응! 같이 먹자."

슬픈 눈물의 새 학기 첫날, 그 눈물이 기쁨으로 바뀐 다음 날

나는 눈물이 그렁그렁한 채 미소를 활짝 지으며 같이
밥을 먹으러 다가갔다.

그렇게 또 눈물이 내 눈가를 적시고 있었지만, 나는
오히려 더욱 기뻤다.

친구들과 함께 밥을 먹으며 이야기를 나누는 시간들
이 소중하다는 걸 느꼈기 때문이다.

그때부터 나의 새 학기는 시작되었다.

슬픈 눈물의 새 학기 첫날, 그 눈물이 기쁨으로 바뀐
다음 날이었다.

02.

사람이 사람을 키운다

김예은

사랑, 사람, 삶

"선생님, 사랑해요!"

아주 보통의 하루가 시작되고 절로 나오는 하품을 겨우 참으며 아침 조회를 마치던 순간,

교실 문을 나서려는 찰나에 나를 멈칫하게 만든 말이었다. 당황한 기색이 역력했지만

"으응? 나도……."

라고 얼레벌레 대답하고는 교무실에 와서 한참을 생각하게 되었다. 그날 저녁, 남편에게도 이를 전해주었다.

"우리 반 애들이 나보고 사랑한대."

"고등학생인데 그렇게 말할 줄 알아?"

"신기하지? 나도 잘 못하는 말인데……."

사춘기와 어른 사이 어딘가, 저 나름의 성숙을 갖추어 가는 시기겠지. 여고생만 있는 학급 아이들과 동고동락한 지도 벌써 반년이 훌쩍 지났다. 비슷한 세대와 같은 성별이라는 공감대를 위안 삼아 첫 만남을 기대하던 때가 있었는데 말이다. 명색이 새 학기라는 생각에 업무 분장을 확인하다 말고 학급 운영 계획을 세웠다. 소개문에 이것저것 담다가 담임으로서 준비된 모습을 보여주고자 화면에 띄울 자료까지 거창하게 만들었다. 오호라, 아기자기한 학급 미화도 해두면 좋아하려나 싶어 교실 꾸미기도 선보였다. 새 학기와 첫 만남에 의미를 부여한 이름 하여 행운, 우리의 만남이 복되다는 뜻으로 이름표와 학급 게시판을 온통 초록색 네잎클로버가 차지하였

사랑, 사람, 삶

다. 설레는 입학식, 어색한 분위기 속 정적이 흘렀다. 아이들은 그저 수줍은 미소만 띠며 차분하기 그지없었다. 하기야 처음부터 무엇을 기대하랴. 주변을 살피기만 하는 긴장을 풀어주려 열심히 떠드는 내 목소리만 가득했을 뿐이다. 손수 준비한 노력을 알아보기는커녕, 그렇다 할 반응도 없었다. 아직 서로를 알아가기 전이었으니 그럴 수밖에.

어느덧 단풍이 무르익고 서늘한 공기 가득한 가을이 완연하다. 수업 시간에는 잠든 듯 고요할 때도 있지만, 마음 씀씀이 하나는 단연 최고의 아이들이라는 걸 이제는 안다. 한 친구가 자퇴를 결정했을 때, 응원의 마음을 담은 편지로 송별하던 모습, 그 부재가 아쉬워 친구의 사진으로 만든 입간판을 자리에 두는 모습, 한 선생님께서 사고로 학교에 나오지 못하시자 안부 문자를 보내는 모습 등 아이들은 저마다의 방식으로 사랑을 보여주었다. 조·종례시간마다 선생님에게 사랑한다 말할 수 있는 아이들이 몇이나 될까. 내가 생각한 것보다 훨씬 따뜻하고 다정다감한 아이들이었는지도 모르겠다. 할 일도 알

사람이 사람을 키운다(함께라서 자란 우리)

아서 척척 해내는 의젓하고 착한 아이들이 받는 칭찬이 마치 내가 받는 칭찬 같았다. 올 한 해를 돌아보며 감사한 것은, 아이들이 나에게 행운이었다는 것이다. 만남의 복과 더불어 아이들 자체가 기쁨이었다. 아이들은 내가 아닌 다른 선생님을 만났을지라도 예쁘고 바르게 지냈을 것이다. 사랑을 선뜻 건넬 줄 아는 고운 마음을 지녔기에.

사랑 가득한 아이들 덕에 학교로 온 여정을 다시금 돌아보게 되었다. 유년 시절부터 사람들과 어울리기 좋아하였고, 학창 시절에는 역사를 배우면서 과거 사람들의 이야기를 통해 현재의 삶을 성찰함이 인상적이었다. 역사 속 사람과 삶을 잇는 이해와 공감이 큰 울림으로 다가왔기 때문이다. 자연스레 관련 전공을 희망하여 진로를 정했을 무렵이었다. 내가 그랬듯 아이들도 역사를 통해 사람과 삶을 배울 수 있도록 돕고 싶었다. 그러나 대학을 졸업하고 막상 교단에 선 지금, 나는 꿈보다 직업을 좇아왔음을 새삼 느꼈다. 나도 모르게 가르치는 것에 치중하다 보니, 지식 전달에 급급했던 내 한계가 드러났다. 내가 먼저 배워야 할 것이 더 많았고 그 배움에는 단지 지식뿐만이 아니라 사랑, 사람, 삶 모든 요소가 담겼음을 깨달았다. 도리어 아이들에게 사랑을 배움으로써 문득 드는 질문은 '사람은 무엇으로 사는가.'이다. 내가 내린 답은 사랑이다. 어떠한 종교나 책에서 말하는 바와 같이, 사람과 사람이 어우러져 사는 삶에는 제각기 다른 사랑이 나타난다. 마주하는 이들과 사랑을 주고받으며 말이다. 물론 그 과정에서 모자라거나 잘못된 방식의 사랑은 마음 한켠에 크고 작은 상처를 남기기도 한다. 완전한 사랑만 있으면 좋으련만. 사랑이 비롯되는 첫 번째 장이 가정이라면, 두 번째 장은 학교라는 작은 사회가 아닐까 싶다. 더 큰 세상으로 나아가기 이전, 생애 처음으로 다양한 만남을 갖게 되는 곳. 이곳에서 나는 아이들에게 가르침을 주는 교사이기 이전에 사랑을 전하고, 혹 상처 입은 아이들을 보듬는 교사가 되고 싶다. 역사에서 과거 사람들을 향한 역지사지가 필요하듯, 오늘날 내 옆에 있는 사람을 향한 역지사지로 서로의 마음과 사정을 헤아릴 수 있기를 바란다. 교단 위의 하루하루는

사람이 사람을 키운다(함께라서 자란 우리)

사랑으로 사람을 만나며 삶을 배우는 여정이 될 것이다. 이 여정이 앞으로도 계속되기를 바라며, 오늘도 다시 교실 문을 연다. 사랑을 주고받기 위해. :)

사랑, 사람, 삶

오늘도 맑음

글 마감 일주일 전부터 어떻게든 되겠지, 하다가 마감일이 되었다. 내가 아무것도 하지 않은 것은 아니다. 요즘에 푹 빠진 이노우에 신파치의 『꾸준함의 기술』에 나오는 것처럼 일단 매일 썼다. '잘하려 하지 않고 일단 해 본다'를 모토로 삼고 매일 아침 떠오르는 대로 2천 자 쓰기 연습을 했다. 그런데, 글이 모두 마음에 들지 않는다. 잘하려 하지 않으려 너무 애를 썼나? 쓰긴 썼는데 다 별로다. 그래도 꾸준함은 성과가 있었다. 이것저것 쓰다 보니, 오랜만에 정말 많은 사람들을 떠올렸다. 하지만 그 얘기들을 다 담자니 이야기가 산으로 간다. 그래서 다시 처음부터 써보려고 책상 앞에 앉았다. 잠시 머리를 쥐어뜯는 상상을 하며.

이런 나를 보고 일주일 만에 집에 온 딸이 묻는다.

"엄마, 글 제출 안 해?"

"응. 금방 써."

내 말을 듣고는 아무 걱정 없는 표정으로 "알았어." 하고 방에 들어가 친구와 깔깔대며 통화를 한다. 내 딸이 나보다 나를 더 믿는 것 같다.

딸의 웃음소리가 점점 더 커진다.

그 웃음소리를 듣고 있자니, 아이가 기숙사 있는 고등학교에 입학하고 한 주 만에 봤던 날이 떠올랐다. 기숙사 주차장에서 차에 오르던 딸의 목소리는 탱탱볼처럼 튀어 올랐다.

"친구들 너무 착하고, 담임 선생님도 너무 좋아. 룸메

오늘도 맑음

도 잘 맞아. 기숙사 밥도 맛있어!"

집에 오는 동안 아이는 쉬지 않고 학교가 얼마나 좋은지, 자신이 얼마나 행운아인지 떠들어댔다. 그 들뜬 목소리를 들으며 얼마나 안심이 되었는지. 낯선 곳에서 잘지낼까, 걱정했는데, 아이의 말은 눅눅한 마음을 말리는 햇살 같았다.

밝고 따뜻하고 구름 한 점 없는 맑은 날 같은 표정에 나까지 마음이 편안해졌다.

입학 후 한 달 동안 아이의 화제는 오로지 학교였다. 배운 것, 친구들, 선생님, 전공 수업 이야기. 그 모든 이야기를 하는 표정이 늘 행복하고 신났다.

이토록 행복한 고등학생이 있을 수 있나? 아니. 대한민국에서 제일 행복한 학생으로 보였다.집보다 학교가 좋다는 말까지 하는 아이를 보며 도대체 그 학교에 뭐가 그렇게 특별한 게 있나 싶어 딸을 학교에 빼긴 기분까지 들었다.

하지만 익숙해져야 했다. 아이는 날기 연습이 한창인 어린 새 마냥, 새로운 세상에 대해 배워가는 기쁨을 누

사람이 사람을 키운다(함께라서 자란 우리)

리고 있었고 이제 곧 둥지를 벗어날 예정이었다.

아이는 2학기가 되면서 새로 시작하게 된 동아리 활동으로 더 분주해지기 시작했다. 아이의 삶은 내가 모르는 시간으로 채워져 갔다.

그러던 어느 날, 딸이 노트를 보여주었다. 필사와 글쓰기 연습으로 빼곡히 채운 노트였다. 날마다 꾸준히 한 흔적이 고스란히 남아 있었다. 감탄과 감동이 동시에 밀려왔다. 매일 꾸준히 한다는 게 어른인 나도 힘든 일인데, 정말 대단하고 기특했다. 칭찬을 듬뿍 해주고 왜 시작했는지 물었다. 돌아온 대답은 선생님이었다. 그 꾸준함의 시작을 열어준 것은 학교 선생님이었다. 내가 모르는 시간 속에서 좋은 어른을 만나고 있었다는 사실이 감사했다.

나는 사람도 나무와 비슷하다고 생각한다. 나무가 꽃을 피우고 열매를 맺듯이, 사람도 자라면서 자기만의 꽃과 열매를 만들어 간다. 그런데 그 꽃을 부모가 전부 틔워줄 순 없다. 아이가 만나는 사람들, 스스로 겪는 경험들이 자기만의 개성을 가진 꽃과 열매를 만들어 간다.

학교는 아이에게 안전한 숲이다. 그 안에서 서로 다른 꽃을 피우고, 각자 다른 열매를 만든다. 누가 더 예쁜 꽃을 피우는지가 중요한 게 아니라 자기만의 속도로 피워 낸 그 꽃 자체가 소중하다.

김신지 작가의 『평일도 인생이니까』에 이런 말이 나온다.

"실패에 대한 두려움은 대개 '하다'와 '되다'를 혼동하는 데서 온다. 우리를 지치게 하는 것은 되려는 욕심이지 좋아하는 일 자체가 아니다."

딸을 보면 좋아하는 걸 하고 있는 사람이 갖는 특유의 반짝이는 표정이 있다. 물론 좋아하는 걸 한다고 항상 속이 편한 건 아닐 것이다. 하지만 즐거운 목소리로 친구와 대화를 이어가는 딸을 보니 나도 절로 행복해진다.

오늘도 딸은 맑음이다.

이 민 지

학생들의 꿈을 지키는 교사

직업훈련학교에서 디자인 교사로 근무하며 성인 학습자를 지도한 경험이 있다. 수업 시작 전 첫 상담에서 가장 많이 들었던 이야기는 비슷했다. 성적에 맞춰 전공을 선택하거나 '비전이 좋다'는 말만 믿고 진학했지만, 정작 자신이 원하는 길이 아니라는 것을 뒤늦게 깨달았다는 고백이었다. 전공과 맞지 않아 힘들어하고, 결국

사람이 사람을 키운다(함께라서 자란 우리)

진짜 좋아하는 분야를 찾기 위해 다시 새로운 시작을 하는 이들이 적지 않았다.

그들 대부분은 대학을 자퇴하거나 졸업한 뒤, 혹은 전공 관련 직장 생활을 하다가 지쳐 돌아온 경우였다. 각자의 사연은 달랐지만, 한 가지 공통점이 있었다. "이제는 정말 나의 길을 찾고 싶다"는 절실함이었다.

"어렸을 때부터 그림 그리기를 좋아했어요."

"디자인에 관심이 있었는데, 부모님이 반대하셨어요."

그들이 조심스레 꺼내놓는 말에는 오랫동안 눌러두었던 꿈과 포기하지 못한 진심이 담겨 있었다.

사실 나 역시 이들과 크게 다르지 않았다. 부모님은 예체능의 미래를 걱정하며 미술학원 대신 국영수 학원을 권하셨고, 나는 하고 싶은 일보다 '안정적인 길'을 우선해야 한다는 기대 속에서 성장했다. 그래서인지 학생들의 이야기 속에서 나의 과거가 겹쳐 보이곤 했다.

여러 학생의 고민을 듣고, 그들이 용기를 내 다시 자신의 길을 찾아 걸어가는 모습을 보면서 내 마음속에도

학생들의 꿈을 지키는 교사

한 가지 생각이 점점 더 분명해졌다.

성인이 되어서 뒤늦게 자신의 길을 찾는 것이 아니라, 학생일 때부터 스스로의 길을 그려 나갈 수 있도록 돕는 사람. 나는 그런 교사가 되고 싶었다.

이 마음은 나를 교육대학원으로 이끌었고, 마침내 '교사'라는 꿈을 품게 했다. 포트폴리오를 준비하며 오랜만에 그림을 다시 그리던 시간은 누구보다 나를 단단하게 만들었다. 미술학원 원장님의 배려로 주말에도 학원에 나가 몰입하듯 그림을 그렸는데, 그 순간만큼은 세상에서 가장 온전하고 행복했다. 잊고 지냈던 '창작의 즐거움'이 다시 살아나는 듯했다. 그리고 문득 생각했다.

학생들도 이런 몰입과 기쁨을 느끼며 자신의 꿈을 확신할 수 있다면 얼마나 좋을까.

그런 마음으로 강원애니고등학교에서 학생들을 만나게 되었다. 이곳 학생들은 이미 자신의 적성을 이해하고 특성화고에 진학한 아이들이었다. 처음 만났을 때부터 나는 여러 번 감탄했다. 스스로의 흥미와 재능을 명확히 알고 있었고, 원하는 길을 향해 일찍부터 꾸준히 준비해

온 학생들이었기 때문이다.

우리 반에는 하루에 한 번뿐인 버스를 타고 왕복 4~5시간을 주말마다 통학하는 학생도 있었고, 중학교 시절 진로 탐색을 통해 강원애니고를 알게 되어 부모님을 설득하고 먼 지역에서 올라온 친구도 있었다. 아이들의 이러한 진심과 용기는 교사인 나에게 큰 울림이 되었다. 그 순간마다 나는 단순히 기술이나 이론을 가르치는 사람이 아니라, 그들의 꿈이 단단하게 뿌리내릴 수 있도록 돕는 역할을 하고 있음을 깊이 실감했다.

초보 교사로서 학교에 적응해 온 시간을 돌아보면 부족한 점도 많고 반성해야 할 순간들도 있다. 하지만 그 모든 경험 속에서 나 또한 확실히 성장하고 있음을 느낀다. 학생들의 열정은 나에게 끊임없이 배우고, 스스로를 점검하며 더 나은 교사가 되고 싶다는 마음을 키워주었다.

돌아보면, 내가 교사가 되기를 결심한 이유는 단순하면서도 명확했다.

누군가의 꿈을 지켜주고 싶었고, 좋아하는 일을 마음

학생들의 꿈을 지키는 교사

껏 할 수 있도록 곁에서 응원해 주는 사람이 되고 싶었다.

나는 지금도 그 마음을 매일 확인하며 교실에 선다.

누군가의 가능성을 믿어주는 일,

그리고 그 가능성이 흔들리지 않고 자랄 수 있도록 묵묵히 뒤에서 밀어주는 존재.

그것이 바로 교사라는 것을, 나는 이곳에서 배우고 있다.

나 역시 학생들과 함께 여전히 성장하는 중이다.

천천히, 그러나 꾸준히.

포근한 겨울바람이 스치는 지금, 앞으로도 학생들의 꿈을 든든하게 지켜주는 교사가 되고 싶다.

임 병 훈

애니메이션 고등학교와 과학교사, 그리고 벽화

과학교사 3년 차, 발령받은 두 번째 학교는 과학 장비와 센서 대신 붓과 물감이 어울리는 애니메이션 고등학교였다. 근무지의 변화와 예술 중심 특성화고등학교로의 발령은 도전의 설렘이자 긴장으로 물들어있었다.

새로운 학교와 선생님들, 학생들에게 익숙해지며 1년이라는 시간이 지나갔다. 담임을 맡았던 1학년 아이들은 2학년으로 진급하고 난 다시 1학년 담임으로 남게 되었다. 반 학생들이 꽤 잘 따라줬던 1년이었기에 고마움과 미안한 마음을 갖은 채 이제는 성장해가는 아이들을 바라볼 시간이 기다리고 있다고 생각했는데, 담임을 맡았던 학생 2명이 3월 초 나를 찾아왔다.

"선생님, 아직 맡으신 동아리가 없다면 동아리 담당을 부탁드려도 될까요?"

애니메이션 고등학교에 과학 동아리는 따로 없었기에 학생들에게 도움을 주고 싶던 나는 어떤 동아리인지 물어보았다.

"저희 벽화동아리를 만들고 싶어요! 선생님이 꼭 담당을 해주셨으면 좋겠어요!"

'살면서 팔자에 음악과 미술이 없던 내가 벽화동아리라니…….'라는 생각도 잠시, 열심히 하는 학생들이고 이것도 추억일 거라는 마음에 동아리 담당을 수락했다.

1기로 만들어지는 동아리, 주제는 벽화, 담당은 과학교사. 시작부터 혼란스러운 조합이었지만 학생들과 함께 동아리원을 모집하고 강원도교육청에 예술 관련 사

애니메이션 고등학교와 과학교사, 그리고 벽화

업을 신청하며 동아리 예산을 확보하기 위해 노력했다. 세상이 이런 노력을 좋게 봐준 걸까? 신청한 사업들에 선정되며 동아리 예산을 확보했고 행정복지센터에 연락을 취해 학교 근처 할머니 할아버지 집 담벼락을 허락받을 수 있었다. 이후 학생들과 벽화 관련 재료를 구매하고 도안을 디자인하며 준비를 마치고 첫 작업을 시작했다. 다들 무엇부터 손대야 할지도 모르는 채 시작된 첫날, 스케치를 위한 4B 연필은 챙겼지만, 칼은 안 챙기는 등 나름대로 부장과 한 준비는 첫 활동 1분 만에 다시 학교로 돌아가야 하는 상황에 맞닥뜨리고 말았다. 하지만 동아리 학생들이 웃으며 가위만 있으면 연필을 깎을 수 있다고 말해준 덕에 정신 차리고 준비를 할 수 있었고 그제야 기념비적인 첫 작업이 시작됐다.

작업 초반엔 페인트를 처음 사용해 어색해하던 학생들이었지만 점차 익숙하던 테블릿 PC와 스케치북에서 벗어나 커다란 담벼락에 그림을 그리기 시작했고, 아무것도 모른 채 지켜보던 나도 점점 붓을 들고 학생들의 채색을 도와줄 수 있었다. 작업 중 소나기가 오던 날이 있었는데 우산이 충분하지 않아 학생들에게 비를 피해 건물 안으로 들어가라 외쳤다. 그랬더니 다들 벽화가 망가지면 안 된다고 필사적으로 벽에 붙어 소리치며 그림을 지키던 아이들의 비에 젖은 웃음은 아마 내 평생에 기억나는 즐겁고 안타까운 순간일 것이다.

하얀 벽을 그림으로 채우는 과정에서 나 또한 학생들에게 점점 물들어가는 느낌이 들던 작업이었다. 그렇게 영광스러운 벽화동아리의 첫 번째 작업을 유독 무더웠던 거 같은 2025년 여름에 끝내며 학생들과 벽화 앞에서 단체 사진을 찍고 집주인분들의 감사 인사, 손편지와 함께 마무리를 지었다. 작업이 끝난 후 학기 초 나를 찾아왔던 두 학생의

"이게 될 줄 몰랐어요. 선생님"

"선생님 덕분에 어떻게든 잘 이끌어 나간 거 같아요!"

라는 말에

"선생님도 이게 될 줄 몰랐어. 다 너희 덕분이야."

라고 말하며 동아리원 모두 서로에게 고생했다고 말하던 순간의 감동은 벽화동아리 담당을 맡지 않았다면

애니메이션 고등학교와 과학교사, 그리고 벽화

느껴보지 못했을 감정이었겠지…….

벽화동아리는 이제 탄생한 지 반년이 지나가며 2학기에도 새로운 벽화를 그리고 있다. 앞서 벽화를 그려낸 경험에서 온 자신감은 새롭게 시작되는 벽화 환경과 추위 앞에서 필요한 용기이자 잦은 실수의 주범이 되기도 했다. 하지만 우리 벽화동아리는 다시 한번 이겨낼 수 있을 것이고 이런 경험들이 동아리 학생들 삶의 추억이자 꺼내어 볼 수 있는 소중한 기억이 되었으면 하는 작은 바람이 있다.

홍 성 준

팩폭이 필요한 학생,
공감이 필요한 학생

여러 학생들을 만나며 '수업 시간에 자기만 하고, 조언을 해줘도 듣지 않는 학생에게는 아무리 진심을 다해도 변화하지 않는구나. 그냥 학교라도 잘 나오면, 그것으로 됐다. 학교 나오는 것만으로도 그 학생에게는 힘든 목표일 테니까.'라는 생각을 한 적이 있다. 이 학생은 평소에 얼굴을 보기 힘들 정도로 학교에 있는 시간에 계속

잠만 잤다. 잠에서 깨어있을 때면 "오랜만이네. 잘 지내지? 매일 학교에 오지만 얼굴 보기 힘드네"라며 농담을 던지곤 했다. 어떤 말을 해주어도 힘없이 대답하는 모습을 보며 '이 학생은 원래 모든 부분에 있어 무기력한 학생이구나.'라는 생각이 들었다. 그렇다고 우울해하는 학생은 전혀 아니었다. 단지 열정이 있다면 '게임'뿐인 학생이었다.

특성화고 3학년 학생들은 1학기 말에 의무 검정 자격증 실기 시험을 본다. 이 학생은 평소 실기 수업 시간에도 내가 가까이 갈 때만 열심히 하는 척하다가 다시 멀어지면 집중하지 못하는 행동을 반복했다. 방과 후에라도 지도해 준다고 해도 몇 번을 제외하고는 못하겠다던 학생이라 열정이 없어 보였다. 그러다 결국 자격증 실기 시험에서 불합격하였다. 그렇게 1학기가 끝나고 고3 2학기가 되었다.

이 학생은 1학기 때 불성실한 태도로 마음 아픈 경험을 했음에도, 노력도 안 하면서 허황된 꿈만 가지고 있었다. 취업도 진학도 관심 없던 학생이었고, 초등학교 3

학년 수준의 수학도 풀지 못할 정도로 심각했다. 그렇다는 것은 초등학생 때부터 고3 때까지 아예 공부를 손에서 놓았다는 말이 된다. 이대로 가다가는 이 학생의 졸업 이후의 삶이 어떻게 펼쳐질지 눈에 훤히 보였다. 그래서 평소 공감을 먼저 해주던 나의 모습을 내려놓고, 지금처럼 인생을 살면 어떤 비참한 인생이 펼쳐지는지 적나라하게 이야기해 주었다. '이런 이야기해 주어 봤자 변하겠어?'라는 생각과 달리, 나의 말이 끝났을 때 그 학생의 눈빛은 달라져 있었고 약간 투덜거리는 말투로 "그럼 대학 가면 돼요? 선생님이 시키는 숙제만 하면 돼요?"라고 물었다. '변화할까?'라는 생각이 무색하게, 매일 저녁마다 숙제 인증샷을 찍어 보냈고, 어머님도 굉장히 좋아하셨다. 어머님께서 아이가 담임 선생님을 '좋은 선생님'이라고 말했다고 전해주셨다. 지금처럼 살면 비참한 인생이 기다릴 거라는 정곡을 찌르는 말을 하고, 매일 저녁마다 해야 할 숙제를 내주어서 싫어할 줄 알았는데 의외의 반응이었고, 동시에 뿌듯했다.

그 이후 대학원서 접수도 했고, 허황된 꿈이 아닌 현

실적인 목표를 좇기 시작했다. 추후 대학에 합격했다는 기쁜 소식도 있었지만, 시간이 지나고 숙제를 안 하기 시작했다. 학교에서는 어제 왜 숙제 안 했냐고 물어보면 오늘은 하겠다고 대답했다. 믿고 기다려 준 것이 어느덧 한 달이 다 되어 갔는데도 숙제를 하지 않았다. 이대로 가다간 대학 가서 수업을 못 따라갈 확률이 굉장히 높았다. 그래서 학생 어머님께 전화를 드렸다. "아이가 숙제를 잘 안 하네요. 하루에 2시간씩 매일 공부해야 겨우 따라갈 정도인데 지금 제가 내주는 숙제도 못 한다면 대학 가서 따라가는 것이 굉장히 힘들 거예요."라고 말씀 드리니 신경 써주셔서 감사하다고 말씀해 주셨다. 그날부터 다시 숙제를 하기 시작했다. 때로는 공감보다는 팩폭이 사람을 바람직한 방향으로 변화시키는 것 같다.

또 다른 한 학생은 학교를 잘 안 나왔다. 학교를 나온 날도 종례 시간에 보면 없었는데, 미인정 조퇴를 한 것이었다. 이런 일이 반복되어 거의 퇴학 위기에 봉착했다. 반 학생들과 상담을 할 때 그 학생 차례가 되었다. 그 학생에게 "너는 꿈이 있니?"라고 물어보니 시크한

팩폭이 필요한 학생, 공감이 필요한 학생

태도로 "아뇨"라고 대답했다. 마치 꿈이 있건 없건 그런 것에는 관심이 없다는 반응으로 보였다. "그래. 꿈이 없는 게 당연하지. 네가 지금까지 본 어른이 고작 아르바이트할 때, 그리고 학교에서 선생님 보는 게 다잖니. 다른 어른들을 볼 경험이 없으니 꿈이 없는 게 당연하다." 라고, 이야기해 주었다. 나중에 "선생님. 지난번에 꿈이 없어도 괜찮다고 말씀해 주셔서 감사합니다. 사실 그것 때문에 스트레스를 많이 받고 있었거든요." 라는 말을 전했다. 이 학생을 상담할 때 무기력해 보여서 '미래에 대해 고민을 전혀 안 하고 있나?'라는 생각을 했는데, 이 학생 나름 본인의 인생에 대해 고민하고 있던 것이었다.

학생들도 담임의 진심을 느끼는 것 같다. 앞으로도 현실을 성실히 살고 있지 않는 것처럼 보이는 학생이라 할지라도 진심을 다해 상담해 주고자 한다. 팩폭이 필요한 학생에게는 팩폭을, 공감이 필요한 학생에게는 공감을.

사람이 사람을 키운다(함께라서 자란 우리)

신 정 은

나를 자라게 한 시간들,
나를 다시 자라게 한 아이들

나의 첫 기억은 초등학교 입학식이다.

산골 마을의 3월 초, 찬 기운이 남아 있던 운동장에서 모든 입학생이 오른쪽 가슴에 손수건을 달고 있었다. 콧물이 나면 닦기 위해서였다. 그 시절엔 모두 그랬다. 엄마는 수수한 무채색 한복을 입고 계셨다. 반 배정이 끝나자 엄마는 조용히 떠났고, 나는 낯선 교실에 홀로 앉아 생애 첫 수업을 받았다. 그날의 공기엔 두려움이 스며 있었지만, 돌이켜보면 그 순간은 내가 처음으로 '세상 속의 나'를 마주한 때였다.

우리 집은 7남매였다. 나는 여섯째였고 막내 동생이 있었다. 늘 시끌벅적했고, 웃음과 다툼이 뒤섞여 있었다. 풍족하지 않은 시절, 우리는 장난감도, 음식도, 엄마의 관심도 서로 나누며 자랐다. 특히 나는 동생에게만큼은 "내가 더 많이 먹고 내가 더 좋은 걸 가져야 한다"는 마음이 강했다. '누나니까', '여자니까' 먼저 가져야 한다는 어린 욕심이 앞섰던 것이다. 엄마는 늘 동생을 품에 안고 계셨고, 나는 자연스레 비어 있는 자리에 아빠의 사랑을 채웠다.

아빠는 언제나 내 편이었고, 나에게 다정함 그 자체였다. 나는 아빠만 있으면 세상에 두려울 것이 없는 아이였다. 그 기억의 온기는 지금도 내 안에서 조용히 숨 쉬며, 힘든 순간마다 나를 붙잡아준다. 나는 지금도 가끔 마음속으로 외친다.

"나는 우리 아빠의 딸이다."

나를 자라게 한 시간들, 나를 다시 자라게 한 아이들

그 말 한마디가 내 자존감의 뿌리다.

어린 시절의 나는 심심함을 이기지 못해 늘 뛰어다니고 사고를 치던 아이였다. 남자아이들과 더 잘 놀았고, 그래서 자잘한 싸움도 잦았다. 어느 날 공기놀이를 하다 다툼이 생기자 나는 흙을 집어 상대 아이 얼굴에 뿌리고 도망쳤다. 잠시 뒤 그 아이의 엄마가 우리 집에 찾아왔고, 나는 겁이 나 방문 안에 꼭꼭 숨어 있었다. 큰오빠가 대신 나가 상황을 정리해 주었고, 나는 혼나지 않았지만 오빠의 침묵은 회초리보다 더 아팠다. 잘못을 감싸주는 따뜻함이 얼마나 무겁고 부끄러운 것인지 그때 처음 배웠다.

초등학교 2학년 가을 운동회 날, 나는 부채춤을 추었다. 엄마는 형편상 새 옷 대신 빌려온 한복을 입혀주셨는데 치마가 너무 컸다. 공연 중 허리끈이 흘러내려 무대 한가운데서 주저앉아 버렸다. 사람들의 웃음이 귀를 파고들었고 얼굴이 화끈거렸지만, 그 순간 내가 할 수 있는 건 그냥 버티는 것뿐이었다.

돌이켜보면 그 시절의 작은 어려움들을 지나오게 한

힘은 잘난 성품도, 남다른 능력도 아닌 그저 '견디는 힘'이었다. 무서운 일도, 창피한 일도, 혼날 일도 결국 버티면 잘 넘어갔다. 내게는 항상 가족의 사랑이 있었고, 스스로 해결하려는 마음이 있었다.

아버지는 농부였다. 계절마다 바쁨의 이유가 달라졌고, 엄마 역시 늘 바빴다. 학교 준비물은 대부분 내가 알아서 챙겼다. 없으면 혼날 각오를 하고 그냥 갔다. 부모님을 원망한 적은 없다. 따뜻한 밥상이 있었고, 그 안에 부모님의 사랑이 충분히 담겨 있었기 때문이다. 그 빈자리에서 나는 스스로 문제를 해결하는 법을 배웠다. 그게 내 삶의 첫 '자립'이었다.

서른 살에 엄마가 되었다. 아이를 품은 순간부터 모든 것이 새로웠고, 너무나 소중했다. 하지만 엄마가 된다는 건 생각보다 훨씬 복잡한 일이었다. 나는 아이에게 많은 것을 바랐다. 공부, 태도, 미래, 모든 것이 내 기준 안에 있어야만 했다. 그 과정에서 아이는 나와 점점 멀어져 갔다. 우리는 매일 울고 싸웠고, 그 중심에는 늘 '아들'이 있었다. 어느 순간부터 사람들의 시선

나를 자라게 한 시간들, 나를 다시 자라게 한 아이들

이 아이를 지나 나에게 꽂혔다. 나는 죄인이 되었다.

아들을 지키려던 엄마였지만, 그 과정에서 나 역시 깊은 상처를 입고 있었다.

포기할 수 없었기에 끊임없이 고민하고, 공부했다. 그러던 어느 날, 도서관에서 책을 읽다 문득 눈물이 터졌다. 그 순간, 나는 아이를 바라보는 나의 방식을 처음으로 직면했다.

'개성'과 '사랑'. 그 두 단어가 내 마음을 깊이 흔들었다.

나는 왜 아이를 내가 정해놓은 틀 안에 넣으려 했을까. 왜 통제만 하려 들고, 내 기준만 옳다고 믿었을까. 아이 안에 있는 고유한 성향과 장점을 제대로 바라보지 않았고, 그 아이가 가진 개성과 속도를 존중하지 못했다.

그때서야 알았다. 엄마가 아이에게 줄 수 있는 가장 큰 선물은 지시나 통제가 아니라 '사랑'이라는 것을. 나는 아이의 눈높이에서 함께 바라보는 방법을 몰랐다.

사랑의 기준을 오로지 내 잣대로 세워 두고서, 그로

인해 생긴 아픔이 사실은 내 욕심에서 비롯된 것임을 미처 알아차리지 못했던 것이다.

나는 아이를 사랑한다고 믿었지만, 돌이켜보면 사랑의 이름으로 내 방식을 강요하고 있었다. 아이에게 문제가 있었던 것이 아니라, 변해야 했던 사람은 바로 나였다.

내가 조금씩 달라지자 우리 아이의 마음도 서서히 열렸다. 고등학교 2학년 때, 담임선생님이 말했다. "어머니, 이제 걱정 안 해도 됩니다. 명진이는 뭐라도 할거예요."

그 말을 듣는 순간, 나는 처음으로 엄마로서 안도감을 느꼈다.

그리고 올해, 군 제대 후 맞은 어버이날 아침. 식탁 위에는 아이가 쓴 손편지와 카네이션이 놓여 있었다.

편지에는 "엄마를 많이 사랑하고 존경한다"는 말이 적혀 있었다.

그 한 문장에 긴 세월의 전쟁이 모두 녹아내렸다.

이제 나는 안다.

진짜 어른이 된다는 건 나이가 아니라, 돌아보고 배우며 다시 성장하는 용기라는 것을.

엄마가 되는 것도 마찬가지다. 아이를 낳는 순간 엄마가 되는 것이 아니라, 아이와 함께 자라며 비로소 '엄마'가 되어가는 것이다.

나는 지금도 둘째, 셋째와 부딪히고 화해하며, 아이들을 통해 배우며 살아간다.

그리고 마음속에 마지막 목표를 품는다.

아이들이 다 자라 독립하더라도, 세상이라는 거친 길 위에서 지치고 흔들릴 때

잠시라도 기대어 쉴 수 있는 든든한 어른, 따뜻한 쉼터가 되어주는 것.

아직은 모르겠지만, 언젠가 아이들이 내 마음을 온전히 이해하게 되는 날이 온다면

그들도 아마 자신만의 방식으로 성장해 있을 것이다.

그리고 그 순간, 우리는 서로의 삶을 조금 더 깊이 이해하는 어른이 되어 있을 것이다.

나는 믿는다.

인간의 삶은 유전자의 연속이 아니라,

사랑과 배움이 이어지는 긴 연결의 이야기라는 것을.

03.

부딪히고 흔들리며

이 승 원

첫 홀로서기

　강원도 작은 도시의 변방, 나무들이 옹기종기 모여서 바다의 서러움을 품어주는 곳이 나의 고향이다. 주변에는 광활한 밭만이 있었던 그곳에서, 나는 폐교 직전의 초등학교에 다니고 있었다. 반도 1개에 전교생이 약 17명인 학교. 그때의 나는 고향이라는 작은 세계에 갇혀서 살았다. 그렇다고는 해도 나쁘지는 않았다. 배를 타고

독도도 가보고, 2018 동계올림픽도 가고, 청와대에도 견학했다. 내 인생에서 많은 걸 경험했다. 그래서 더 크고 싶지 않았다. 그저 지금이 계속되면 좋겠다고 생각했다. 하지만 시간은 내 생각만큼 자비롭지 않았고, 숨 한 번 내쉰 사이 난 아이에서 소년이 되어 있었다.

내 기억상으로는 초등학교 6학년 때, 중국 우한에서 발생한 바이러스가 유행하기 시작했다. 그 바이러스로 인해 바깥의 모든 것이 사라진 그 시기는 세상의 모든 것을 바꾸었다, 그건 나도 마찬가지였다. 재작년 추석에 가족 모두가 모여 안방에서 중국에서 누군가가 원인 불명의 병으로 죽었다는 뉴스를 보고 있었다는 것을 기억한다. 그때의 나는 그저 지나갈 거라고 생각했다. 내 생각은 틀렸다. 사람들이 지나가는 길에, 죽음이 몸을 숨겨 지나갈 때마다 사람이 죽어가고 있었다. 사람들은 살기 위해 집안으로 몸을 숨기고, 얼굴을 가렸다.

그 어떤 때보다 추웠던 그 시기에 나는 작은 세상을 깨고 나아가야만 했다.

그 이유는 바로 중학생이 되었기 때문이다.

우중충한 3월의 이른 아침, 나는 두꺼운 마스크로 얼굴을 가리고 거대한 감옥에 들어가는 한 마리의 죄수가 되어 있었다. 자신에게 내려진 사형선고를 받아들이지 못하고, 죽기 싫어 발버둥 치듯이 반으로 들어가지 못했다. 다행히도 아는 얼굴이 있어서 반으로 들어가는 것에 성공했다. 맨 뒷자리에 앉고, 주변을 바라보니 다 낯선 얼굴뿐이다. 작은 초등학교의 동창 4명이 인간관계의 전부였던 어린 나는 6반에 반마다 25명이나 있는 학교를 받아들이긴 버거웠다. 자신을 꼬집으면서 정신을 차리던 중, 뒤에서 어디에나 있는 거 같은 인싸 친구가 말을 걸어 왔다. 너무 무서웠지만 사회에서 도태당하지 않기 위해 열심히 대답했다. 다행히도 첫인상은 좋게 보인 것 같았다. 슬쩍 몰래 좀도둑처럼 주위를 탐색하던 중에 종이에다가 그림을 열심히 끄적이고 있는 친구를 보았다. 그 친구와의 만남은 나의 인생을 송두리체 바꾸었다.

어릴 적의 나에게는 열등감이 있었던 거 같다. 남들보다 못하는 것을 그 누구보다도 잘 알고 있었다. 굉장

부딪히고 흔들리며(어른이 되어가는 중)

히 낮은 자신감과 살기 위해 병적인 정도로 높았던 자존
감으로 이루어진 괴물이라고 불러야 할 정도로 말이다.
사실 나는 그 녀석이 싫었다. 짜증 났다. 그래서 감정을
숨기고 거짓된 선의로 무장한 채, 그 녀석에게 말을 걸
었다. 대화를 나누다가 보니 난 그 녀석이랑 생각 외로
친해졌고 그런 채로 2년이 흘러갔다. 쓰다 보니 과거의
나를 악한 놈처럼 보이게 말한 것 같아 부연 설명하자면
실제로 그런 감정을 느끼긴 했지만, 일단 나도 그림쟁이
였기에 일종의 호감을 가지고 있었고 그 친구와도 꽤 맞
아서 싫은 감정이 사라졌다. 또 입학식 다음 날 코로나
에 걸려서 2주일을 비대면으로 수업해서 그 감정을 까
먹었기도 했다.

　사과를 훔쳐서 죄책감에 시달리던 싱클레어의 눈앞
에 등장했던 데미안은 우는 소년에게 알을 깨는 법을 알
려주었던 것처럼, 그 친구는 나를 집이란 세계를 넘어서
서, 나의 손을 잡고 나를 삶이란 지옥에서 이끌어 주었
다. 주말에 시내에 친구들이랑 나가서 놀고 영화도 같이
보고 밥도 같이 먹었다. 어떤 사람들에게는 일상적이지

첫 홀로서기

만 나는 그것들을 중학교 3학년 때 처음으로 경험했다. 내 인생에서 많이 놀았던 시기를 말할 수 있다면 아마 그때이지 않을까 한다. 그렇다고는 해서 장점만 있는 것은 아니었다. 계속 아팠다. 일단 놀고 오면 심한 어지럼증과 열이 나서 학교를 계속해서 조퇴한 거 같다. 이 세상에 악마가 존재한다면, 악마의 손길이 있었다면 아마 비슷하지 않을까. 진정 그런 것이라 할지라도 재미있으니깐 괜찮지 않을까 하고는 놀고 놀았다.

만남이 있다면 이별이 있고 행복 뒤에 고통이 따라온다. 이 우정에게 끝이 다가오고 있었다.

코로나가 거의 끝나가던 그 시기에 나는 큰 문제를 마주했다. 바로 친구와 서먹해졌다. 내가 직접 다가가서 말을 걸어도 묵묵부답에 태블릿 게임에만 눈을 바라본다. 너무 당황스러웠다. 약 2년 반 정도의 작은 우정이라지만 나에게는 무척이나 소중했는데.... 가슴이 시리다. 슬픈 기색을 숨기던 중에 그 친구가 왜 그런지 알게 되었을 때 나는 실망감을 감추지 못했다.

친구는 다른 애와 사이가 안 좋아지게 돼서 그리되었

부딪히고 흔들리며(어른이 되어가는 중)

다는 것을 알게 되었다. 그 친구는 감정이 격해져서 그랬다고 변명했다. 나랑 그 애가 뭔 상관인데 나한테 이러는 건지 잘 모르겠고, 속을 뒤틀리는 것 같았다. 헤어졌다는 그 친구는 나와 같은 특목고에 지원한 친구기도 해서 어찌할 바 몰랐다. 미워서 그렇다고는 해도 뭔가 잘못되었다는 것을 자기가 모르는 걸까나. 고등학교 입시 때문에 그 애와 같이 지내는 날이 더 많아지게 되면서 그 친구에 대한 험담도 많이 들은 것 때문일까. 불길은 계속해서 거세졌고, 그 감정이 극에 이르렀을 때

그 순간 나는 처음으로 그 친구를 차단 할 수밖에 없었다.

이 세상에 살아가는 모든 생명체들은 비이성적이다. 그것은 다른 동물보다 더 우월하다고 주장하는 인간도 마찬가지이다. 이성은 감정의 노예라는 흄의 가르침은 맞았다. 그 친구는 그저 자신의 감정에 따라 충실하게 살았을 뿐이다.

또한 나는 무의식적으로 사람에게 이성적인 사랑을 바라고 있었다. 그리스 로마 신화에서 아폴론의 사랑이

불행하게 끝나는 이유는 이상적이고 이성적인 사랑은 이 세상을 살아가는 생명체에게는 그저 신기루 같이 존재하지 않는 것이기 때문이다. 기독교에서 아가페적 사랑을 신의 사랑이라고 부르는 이유를 나는 까먹어 버린 것일까.

슬프게도 나라는 인간마저도 감정의 노예이기에, 무수히 많은 근거를 들어서 친구가 나쁘다는 것을 증명하고자 했다. 근거를 들 때마다 분노와 슬픔이 나의 눈을 가리고, 화해의 손길마저 외면했다.

그렇게 나는 비로소 홀로 남았다.

부딪히고 흔들리며 (어른이 되어가는 중)

아직도 난 비교한다

　중학교를 가게 된 첫날, 처음 보는 친구들과 처음 겪는 환경에 적응이 되지 않았다. 그래도 조금은 알고 있는 몇 명의 친구들, 그리고 다른 반에 있는 초등학교 때 친구들 덕분인지 왠지 모를 자신감에 모르는 사람에게도 먼저 인사하며 친구들을 사귀었다.

　1교시가 지나고 2교시가 지나가며 반 친구들도 서로

대화를 나누며 어색함을 풀고 있었다. 그중 몇 명은 칠판에 붙어 그림을 그리며 서로 좋아하는 관심사를 공유하고 있었다. 나도 그림이라면 빠질 수 없기에 친구들이 그리는 것을 눈여겨보고 있었는데, 눈에 확 들어올 정도로 잘 그리는 친구가 있었다.

그때 내 마음은 쿵 하고 떨어지는 듯했다. 항상 내가 가장 잘 그려오던 그림이 이곳에서는 내가 가장 잘 그리지 않을 수도 있겠다는 것을 느꼈기 때문이다. 나는 내 자신에게 변명하듯 '나도 하면 저것보다 잘 그릴 것 같은데?'라는 생각을 하며 나와 그 친구를 비교했다. 이날을 기점으로 나는 매일 그 친구를 보면 자연스럽게 나 자신과 비교했다.

수학 시간에도 수학 문제를 고민하며 푸는 친구를 보며 '내가 더 잘하네.' 하며 나 자신을 치켜세웠다. 그 뒤로도 자주 어울려 놀았지만, 매번 그 친구를 질투했다. 나는 그 시절, 내가 가장 잘한다고 생각했던 미술에 대해 부정당하는 것만 같았다. 당연히 내가 잘 그리려는 노력도 정성도 들인 적이 없다는 걸 알면서도 말이다.

하지만, 이 친구와 계속해서 친하게 지내다 보니 알게 된 것은, 그 친구는 그림을 잘 그리는 것뿐만 아니라 운동도 굉장히 잘했고 공부도 잘했으며, 춤, 노래도, 심지어 대화도 잘 통하며 성격도 좋았다는 것이다. 나는 이제는 비교도, 질투도 하지 않았다. 그 사람은 내 인생에서 가장 신비로운 존재가 되었다.

나는 모든 게 완벽한 사람은 없다고, 나 정도면 괜찮은 사람이라고 생각했는데 아니라는 것을 알게 되었다. 그 뒤로 나는 그 친구와 비교하는 대신 나도 잘하는 것을 만들려고 노력하기 시작했다. 내가 생각하는 이상향의 사람이 되기 위해 뭐라도 도전하자고 마음먹었다.

그 첫 번째 도전은 공부였다. 2학년이 되었을 즈음, 내가 도전한 공부는 꽤 적성에 맞았는지 중학교에 올라와 처음 본 시험은 꽤 성공적이었다. 수학학원만 다닌 것치고는 잘 봤다고 말할 수 있는 점수였다. 그 뒤로도 내 도전은 계속되었다.

하지만 2학년이 되고 친하게 지내게 된 친구들은 내 절친의 친구들이었고, 그 이후 절친과 그 친구들과 놀며

부딪히고 흔들리며(어른이 되어가는 중)

자주 나와 내 절친을 비교당하면서 나는 자존감이 계속 깎여 나갔다. 열심히 공부하고, 그림도 열심히 그리고, 친구들과 하는 게임도 노력하며 했지만 아무리 노력해도 항상 남들보다 못한다며 비교당한 나는 내가 잘하는 게 무엇인지, 내가 가야 할 방향이 어디인지 잃게 되었다.

　그런 상황에서도 계속 함께해 준 친한 친구가 정말 고맙기도 했고, 동시에 항상 비교의 대상이 되어 부럽기도 하고 질투가 나기도 했다. 그렇게 시간이 흘러 3학년이 되어서야 누군가가 나를 칭찬하고, 나라는 사람을 진심으로 이해해 주었을 때 2학년 때 함께한 친구들이 잘못됐다는 것을 알게 되었고, 내 인생에서 그 사람들을 완전히 없애 버렸다.

　나를 깨닫게 된 나는 비교가 단순 질투가 아닌 비교함으로써 나를 성장 시킬 수 있다는 것을 알게 되었다.

　어릴 적부터 못하던 체육도 처음으로 포기하지 않고 노력해 하니 체육 선생님의 진심이 담긴 놀라움의 감탄도 받고, 포기했던 미술도 취미로나마 하며 대회에 나가장려상을 받기도 했다. 그리고 내가 원하는 고등학교 강원애니메이션 고등학교에도 붙을 수 있었다. 남들과 나를 계속해서 비교하며 살다 보니 도전하며 지낸 3학년의 마지막 날이 왔다.

졸업을 하게 된 나는 많은 경험을 하게 해준 학교를 떠나게 된다는 것에 울컥하였고, 지금껏 만난 친구들을 이제는 자주 보지 못한다는 것에 마음이 싱숭생숭해져 졸업식은 집중이 되지도 않았다. 나는 계속 뻣뻣한 자세만 하고 있었다.

졸업식이 다 끝나고 사람들이 서로 작별 인사를 하는 가운데 나는 마지막으로 내가 항상 비교하던 친구에게 편지를 전했다. 그 친구에게는 "네가 있었기에 내가 변했다."라는 말을 자주 해주었고, 그래서 나는 편지 내용에 다시 한번 내 진심을 상기시키기 위해 한 번 더 적어 내려갔다.

"내 인생에 너라는 친구가 없었다면, 나는 지금처럼 꿈꾸던 모든 것들을 할 수 없었을 거야. 그리고 운 좋게 너라는 친구와 친하게 지낼 수 있어서 지금의 내가 있다

부딪히고 흔들리며(어른이 되어가는 중)

고 생각해."

　이 편지를 본 친구가 내가 응원하던 수많은 말들이 진심이었다는 것을 알아주었으면 좋겠다고 생각했다. 그리고 졸업식이 끝나고 몇 시간 후, 친한 친구에게서 온 연락 덕분에 나는 평생 잊지 못할 영상을 마음속에 새기게 되었다.

　영상 속 친구는 중학교 교복을 입고 우쿨렐레로 〈졸업〉이라는 노래를 연주하며 불러 주었다. 정말 중학생 시절이 끝이라는 것이 믿기지 않았는데, 특별한 날, 특별한 노래, 특별한 사람에 의해 이 순간만큼은 정말 '졸업'이라는 게 실감이 났다.

당신의 재능은 무엇인가요?

내가 운동부를 하며 배운
재능과 노력에 관한 이야기.

　나는 사실 무언가에 큰 재능이 있지 않았다. 그림과 글에도 큰 재능이 없었고 어느새 취미가 된 춤도 겨우 동작을 따라가는 몸치였다. 과거에는 태어날 때부터 각자 타고난 영역이 있는 거라 여겨 내게 재능이 없다고 생각되는 일들을 하나씩 접어버렸다.

　하지만 초등학교 6학년 때 담임 선생님으로 인해 재

능에 대한 내 생각을 완전히 바뀌게 되었다. 시작은 아침 일찍 등교하는 나에게 운동부에 들어올 생각 없냐는 담임 선생님의 제안으로 시작되었다. 빈 교실에 앉아 멍 때리거나 책 읽는 게 전부였던 아침 시간에 얼티미트를 하는 것만으로 꽤 큰 변화가 일어났다. 학교에 대해 기대가 생기고 어떻게 해야 더 잘할 수 있을지에 대한 고민을 온종일하고 있었다. 원반이라는 생소한 소품으로 넓은 운동장을 뛰어다니며 미식축구처럼 하는 얼티미트라서 새롭게 다가와 그 고민이 더욱 즐거웠다. 물론 얼티미트에서도 내가 뛰어난 재능을 보이지는 않았다. 다 같이 모여 연습할 때도 잘하기는커녕 원반을 제대로 던지지도 못해 매번 상대편 친구가 원반을 주우러 다녔던 기억이 있다. 그래서 처음에는 주전으로 뽑혔던 친구들을 질투했던 적도 있다.

하지만 선생님께서 첫 주전들을 뽑으시며 주전이 되는 건 마냥 잘하는 친구들이 아니라고 하셨다. 성실성과 실력, 팀워크를 모두 보고 주전으로 언제든 올릴 거라는 말씀에 나도 주전이 될 수 있지 않을 까란 희망이 생겼

99

당신의 재능은 무엇인가요?

다. 그때의 나에게는 타고난 재능이 아닌 다른 것으로도 주전이 될 수 있다는 것이 크게 느껴졌다. 그때부터 나는 성실성 하나를 보고 연습에 매진하였다. 부모님께서 내가 일찍 다니는 걸 막기 위해 새벽에 영단어 하루치를 외워야만 나갈 수 있게 했던 적도 있었다. 그럼에도 불구하고 영단어를 모두 외우면서까지 아침 연습을 나갔었다. 그런 내 노력은 결국 날 주전으로 이끌어주었고 팀에서 가장 멀리 원반을 날릴 수 있게 만들었다. 난 아직도 처음으로 내 원반이 가장 멀리 날아갔던 날을 잊지 못한다.

그때 난 타고났는가는 별로 중요하지 않다는 걸 알게 되었다. 다만 주전이 되고 나서 마주한 장벽은 더욱 컸다. 이제 겨우 2개월 연습한 상태로 서울시 대회 예선에 나서게 된 것이다. 적어도 작년부터 연습한 여러 팀 사이에서 2등 안에 들어 본선에 나갈 수 있을지에 대한 걱정이 되었다. 그리고 가장 큰 문제는 그곳에 담임 선생님께서 바로 작년까지 계셨던 팀이 있었다. 올해 처음 만들어져 이제 겨우 2개월된 팀과 2년 동안 단단히 실

부딪히고 흔들리며(어른이 되어가는 중)

력을 쌓아놓은 팀 중에서 누가 이길지는 너무나 확실했다. 전반전에서 넘어져 팔꿈치와 무릎이 까졌음에도 죽을힘을 다해서 뛰었다. 2등으로 본선을 나간다고 한들 전국대회에는 결국 1등만 나갈 수 있었기 때문에 예선전에서 견제해야 한다고 생각했다. 하지만 2:8이란 엄청난 점수 차와 함께 지게 된다. 다행히 다른 팀과의 경기는 모두 이겨 본선에 진출할 수 있었다. 예선에서 돌아온 나는 생각보다 더 강한 상대 팀에 어쩌면 본선에서는 등수 안에도 못 들겠다고 생각했다. 하지만 이번에도 선생님의 말씀은 달랐다. 짧은 시간 안에 이런 점수를 얻고 본선 진출한 걸 보면 전국대회도 가능할 것이라 말씀하셨다. 솔직히 처음에는 아주 작은 불신이 있었다. 그렇지만 2개월 간의 노력 끝에 얻어낸 본선 진출에 선생님의 말씀을 한 번 더 믿어보고 싶어졌다. 본선을 나가기 전 선생님께서 많은 말씀을 해주셨지만, 그중에서 가장 기억에 남는 것은 "경기를 잘해서 욕을 먹되 우리가 욕을 하지는 말자"라는 말씀이 가장 기억에 남는다. 진짜로 잘하는 것은 욕을 하는 게 아니라는 말씀이 경기도중 다른 팀들에게 몇 번 욕을 먹었지만, 상처받지도 싸움이 나지도 않았던 이유 같다.

본선에는 초등학교 경기뿐만 아니라 고등학교 경기까지 있었다. 예선전 때보다 스케일이 더 큰 경기에 조금은 긴장되었지만, 경기를 뛰기 시작하자 어느새 몸이 풀려 평소처럼 뛸 수 있었다. 다만 문제는 예선전에서도 함께 경기했던 그 초등학교였다. 결국 본선에서도 다시 붙게 되었다. 예선전에서 이미 2:8이라는 결과를 얻어 조금 겁에 질려있었지만, 막상 경기를 시작해 보니 전에 비해 조금 더 수월한 느낌이 들었다. 상대 팀에서 1점을 따내면 우리 팀에서 1점을 따내는 식으로 계속해서 따라가고 있었다. 그동안 노력의 결실이 보이는 것 같아 뿌듯했다. 비록 4:6으로 전국대회에 진출하지 못했지만, 은메달이라는 결과를 얻어낼 수 있었다.

지금의 나는 무언가 불가능하다고 느낄 때마다 초등학교 6학년 시절 경기 영상과 사진들을 보며 노력할 용기를 얻는다. 어쩌면 그때 담임 선생님을 만나지 못했더라면 나는 여전히 재능을 가진 다른 이들을 부러워하며

부딪히고 흔들리며(어른이 되어가는 중)

도전할 줄 모르는 사람이었을지도 모른다. 그래서 아직 재능을 찾지 못했다고 혹은 재능이 없다고 하는 사람들에게 재능은 인생에 있어 딱 우주먼지만큼의 영향력만 준다고 말해주고 싶다.

기억과 추억 사이

내년이면 나는 더 이상 학교에 다니지 않아도 된다. 명예퇴직을 준비하면서 알게 된 사실인데, 휴직 기간을 제외하고 꼬박 36년 6개월을 교직에서 보냈다. 그 긴 세월 동안 참 많은 학생들을 만났고 또 그만큼 많이 헤어졌다. 그런데 시간이 흘러도 잊히지 않는 아이들이 있다. 어둡고 막막한 표정과 환한 미소로 웃고 있는 얼굴들이 기억을 넘어 추억으로 남아 있다.

J - 잊히지 않는 아름다움

흑요석처럼 맑고 깊은 눈을 가진 아이였다. 아이돌 못
지않은 미모를 지녔던 J는 그러나 가정형편이 좋지 않
았다. 사실 그 시절, 그 학교 대부분의 아이들은 가난했
다. 아니다, 정정하자. 가난했던 건 아이들이 아니라 그
들의 보호자들이었다.

아이들은 어른들로부터 충분히 보호받지 못했고, 존
중받지 못했다. 그래서 쉽게 비행의 길로 접어들었고 J
도 예외는 아니었다. 그 아이는 어설프게 어른을 흉내
내며 일진 무리에 섞여 술과 담배에 손을 대는 것을 시
작으로 결국 소년원까지 가게 되었다. 나는 면회를 갔
고, 탄원서를 썼다. 잘 웃고 친구도 많은 선한 아이였던
그 아이가 제대로 졸업을 했던지는 기억이 나지 않는다.
그 후로도 J만큼 아름다운 아이들을 많이 보아왔지만,
이상하게도 그 아이만은 잊히지 않는다. 아마 안타까움
때문일 것이다. 온화한 가정에서 따뜻한 보살핌을 받았
다면, J는 분명 누구보다 빛나는 사람이 되었을 것이다.

하지만 그렇게 예쁘고 순수하던 아이는 보호받지 못한 채 친절하지 않은 세상을 헤맸다. 그 아름다움과 가능성이, 아무도 지켜주지 못한 채 그렇게 사라져 갔다.

K - 순수해서 더 가여운

K의 첫인상은 아주 가여운 강아지 같았다. 머리는 가위질 자국이 보일 만큼 어설프게 잘려 있었고, 주근깨가 가득한 얼굴로 큰 눈동자에는 두려움이 가득했다. 1학기가 시작된 지 얼마 되지 않아 교실에서 현금 도난 사건이 발생했다. 그 시절엔 이런 사건이 잦았는데, 아이들의 비밀 쪽지를 종합해 보니 K가 가장 유력한 용의자로 지목되었다. 그러나 혹시라도 도둑으로 낙인찍힐까 봐 전체 아이들의 눈을 감게 하고 한 명씩 소지품을 확인해 나갔다. 책가방의 모든 주머니, 책갈피, 이중 필통, 심지어 신발주머니까지 뒤지면서. 그런데 돈은 어이없게도 맥없이 K의 주머니에서 나왔다. 다른 아이들은 약아서, 훔친 돈을 어떻게든 감추었는데, 이 아이는 그런 생각조차 하지 못할 만큼 순수했던 것이다. 그때 나는 한 대 얻어맞은 듯 당혹스러웠고, 이내 부끄러웠다.

부딪히고 흔들리며(어른이 되어가는 중)

체육복을 사려고 했다 그랬다. 체육 시간에 체육복을 입지 않으면 혼났기 때문에, 체육복을 빌려 달라고 친구들에게 부탁할 만큼 용기도 없었기 때문이다. 가슴이 아렸고 그 길로 나는 체육복을 사주었다.

추운 겨울 2학기 말, 교실에서 이론 수업 중 책을 읽히다가 K의 목소리가 이상하다는 걸 느꼈다. 좀 더 크게 읽으라고 다그쳤고, 아이는 끝내 울음을 터뜨렸다. 봄방학이 끝났는데도 K는 학교에 나오지 않았다. 그리고 나는 새 학기 새로운 반의 담임이 되었다. 그러나 2학년으로 진급한 K는 여전히 학교로 돌아오지 않았다. 이젠 담임이 아닌데도 신경이 쓰여 주변 아이들에게 물어보니 아프다고 했다. 아이의 집을 아는 친구를 겨우 찾아 앞세웠다. K의 집은 외곽 쪽에 세워져 있던 수많은 비닐하우스 중 하나였다. 부모는 상추 농사를 짓고 있었고 K는 그 한쪽 구석에 부푼 배를 하늘로 하고 누워 있었다. 의사도 치료를 포기했다고 했다. 집에 돌아와 라디오 하나를 사서 친구에게 들려 보냈다. 학교에도 K의 사정을 알리고 모금 운동을 했다. 그러고 얼마 후 K의 아버지에게서 전화가 왔다.

"아이가 하늘나라로 갔어요. 모금해 주신 돈으로 장례를 잘 치렀습니다. 좋아하던 라디오도 함께 보냈어요."

아이를 잃은 아버지의 목소리는 건조하고 담담했는데 그래서 더 마음이 아팠다.

그 후 정신없이 학기가 흘러가는 와중에도 하늘을 올려다보면 종종 K가 생각났다. 가여운 K는 소원하던 놀이공원도 한 번 가 보지 못하고 세상을 떠났구나. 아무도 그 아이를 기억하지 않은 것같이 시간이 흘러갔는데 놀랍게도 다음 해 '하늘로 간 친구, K에게'라는 글을 학교 문집에서 발견했다. 같은 이름을 가졌던 학생회장이 친구의 죽음을 추모하는 글을 쓴 것이다. 그 글을 읽고 나서 난 큰 위안을 받았다. K를 기억해 주는 사람이 나만은 아니었구나 하고.

K야, 그곳에선 편안하지?

S - 한 장의 편지

S는 아이큐가 비상한 아이였다. 어느 시험에서 평소보다 성적이 안 좋아 물었더니 "공부 안 하고도 성적이

부딪히고 흔들리며(어른이 되어가는 중)

얼마나 나올지 궁금해서요." 하며 씨익 웃었는데 그게 밉지 않았었다. 다음 해 시험 감독으로 들어간 교실에서 샛노란 머리에 온몸으로 분노를 표출하고 앉아 있는 S를 발견하고는 깜짝 놀랐다. 2학년 때도 부모님의 별거로 고민이 많던 터라 그 아이의 분노가 무엇 때문인지 직감적으로 알 수 있었다. 마침 남아 있던 시험지를 보고 빈 여백에 펜을 올렸다. 부모에 대한 분노로 망가뜨리고 있는 것은 결국 그 자신이란 요지의 글이 써졌다. 먼 미래에 가서 '못 이룬 것이 아니라 안 이룬 것'이라고 자신의 인생을 말한들 그때는 돌이킬 수 없을 것이라는, 아이가 아파할 말을 골라 그야말로 미친 듯이 갈겨쓴 편지였다. 그 후 나는 다시는 그와 마주치지 못했는데 몇년 뒤 그 아이가 미국에서 공부 중이라는 소식을 전해 들었다. 미소가 나왔다. 정말 똑똑하군. 단 한 장의 편지로 상황을 이해하고 자신의 미래를 새롭게 만들어 나간 S. 아이큐만 영재가 아니었던 그에게 칭찬을 보낸다.

E - 끝없이 내려온 길

왕따를 피해 전학 온 E는 악의 없는 친구들의 작은 장난에도 쉽게 놀라곤 했고, 늘 주눅이 들어있었다. 수학여행으로 간 제주도에서 한라산 등반을 하였는데 다른 아이들은 날듯이 오르내리는 한라산이 체력이 약한 E에게는 너무도 버거운 것이었다. 하산할 때 자신의 체력이 바닥나자 더는 버티지 못하고 발목을 다쳤다며 주저앉아 버렸다. 국립공원 관리실에 연락하여 중상자를 위한 모노레일을 얻어 타게 되었다. 나도 뒤처진 아이와 함께 편안하게 내려가게 될 줄 알았는데 웬걸, 얼마 못 가 더 심한 부상자가 발생했다. 잠시 고민하던 E는 스스로 자리를 양보했다. E는 이젠 정말 자기 힘으로 하산해야 하는 걸 깨달았고, 절뚝이던 걸음을 이내 자연스러운 걸음으로 바꾸었다. 나는 아무 말도 하지 않았고 끝나지 않을 듯한 그 길을 오랫동안 함께 내려왔다. 한참이나 늦게 마지막으로 내려온 E를 아이들이 환호로 반겨주었다. 그때부터였을까? E는 차츰 제가 먼저 장난을 칠 정도로 적응을 잘하게 되어 졸업할 때는 친구들에 둘러싸여 있었다. 몇 년 전 우연히 그의 어머니를 만났는데, 군복을 입은 잘생긴 E의 사진을 자랑스레 보여주셨

부딪히고 흔들리며(어른이 되어가는 중)

다. E는 몰라보게 살이 빠져있었고 자신감 가득한 표정으로 웃고 있었다. 그 아이는 스스로 서는 법을 배웠고 지금은 타인에게 휘둘리지 않는 당당한 삶을 만들어가고 있다.

또 누가 있을까?

P? 입학하자마자 남의 차에 침을 뱉었다가 주인한테 걸려서 학교로 항의 전화를 하게 만든 걸 시작으로 1년 내내 담임을 힘들게 했던 P가 있다. 나중에 일진 언니들이 주인에게 거짓말로 P의 이름과 반을 대었던 것을 알게 되긴 했다. 그렇게 일진들의 괴롭힘으로 어쩔 수 없이 끌려다녔던 그 아이는 교육청 고위 관리직에 계셨던 제 아버지가 어린 담임 앞에서 고개를 숙이며 깊이깊이 사과하는 모습을 보고 느낀 바가 있었는지 졸업할 때는 더 없는 모범생이 되었다.

탁구부 감독교사를 할 때 남의 집 비닐하우스에서 사시는 부모님 집이 들쥐가 드나들면서 불이 났다고 쭈그려 앉아 울던 K는 지금 어디서 무엇을 하며 살고 있을까?

퇴직을 앞에 두고 지난 일을 회상하니 모든 것이 어제 일인 듯 눈앞에 선하다. 열정만 앞서서 아이들의 마음을 읽어 주지 못했고, 솟구치는 대로 불같이 화를 내고 분노했던 나를 본다. 자주 울었고 자주 웃었다. 그런데 내가 그 아이들을 가르쳤던 걸까? 오히려 미웠던 나를 아이들이 키워 준 것은 아니었을까? 그 세월 동안 밝은 표정으로 인사해 주고 따뜻하게 나를 받아 주었던 학생들이 고맙다. 사랑스러운 아이들아, 내 마음을 담아 마지막 인사를 전한다. 잘못해 주었던 것은 잊어주고 함께 웃고 행복했던 것만 기억해 주렴. 이제, 정말 안녕.

부딪히고 흔들리며(어른이 되어가는 중)

Look Back in Peace

우리는 후회와 실수 그리고 걱정들을 바리바리 싸 들고 온 어제의 우리가 떠민 오늘을 살고 있다.

가까이 있는 오늘을 두고 우리의 걱정은 꽤나 먼 곳에 있다.

붙잡지 못한 인연, 지키지 못한 약속, 미래가 던지는 경고, 그것들은 우리가 살고 있는 오늘로 찾아와 얼마

있지도 않은 여유를 좀 먹는다.

우리는 그걸 "두려움"이라 부른다.

그뿐 일까 그 여유를 먹고 커진 두려움들은 점점 더 몸을 불려 우리가 우리 주위의 작은 행복들을 인식하는 시야를 가려 우리를 절망이라는 좁고 어두운 방에 고립시킨다.

그렇다면 이 두려움들에게서 눈을 돌린 채 남은 인생을 살아가야 할까?

애초에 그게 가능한 걸까?

두려움은 용기에게 약하다.

그리고 신기하게도 두려움은 불현듯 우리 삶에 찾아오는데 좀 불친절하게 찾아 오지만 그 포장지를 뜯어보면 우리가 그토록 원하는 용기는 그 안에 있을지도 모른다.

이 글은 그런 두려움들 앞에서 망설이는 이들에게 건네는 나의 이야기다.

때는 중학교 2학년 기말고사 날이었다.

시험지를 들고 집에 돌아가는 내 발 위에 올려져 있던

걱정은 그 나이 또래의 아이가 가질 만한 걱정의 무게보다는 좀 더 무거웠던 것 같다.

그 당시 내가 목표로 하던 고등학교는 내가 가져온 시험지의 점수로는 무리였던 게 그 걱정의 이유였다.

변명의 의미조차 찾을 수 없었다.

순전히 나의 목표고 그에 걸맞지 않은 결과 또한 나의 것인데 누굴 탓하겠는가.

조금만 더 열심히 할 걸 이라는 후회와 이제 어떻게 하지라는 걱정이 양쪽에서 내 머리를 찔러댔다.

분명 그 시절의 계절이 내게 선물한 건 따스함이었을 텐데 왜 그때 생각만 하면 아직도 추운지 모르겠다.

어린 나의 머리로는 감당 불가능한 이 허무함은 방황하는 시간의 끝을 계속해서 지연시켰다.

그러던 중 아버지는 내게 제안하셨다.

제안의 내용은 간단했다, 자퇴를 해 검정고시에 응시하는 것.

시험 기회는 단 두 번뿐이고 학교에 다시 돌아오는 건 불가능했다.

많은 생각들이 들었다.

학교라는 공간만이 줄 수 있는 인생에 다신 오지 못할 앳된 설렘과 인연들을 내가 등질 수 있을까.

그렇게 시작한 내 도전이 틀리지 않았다는 걸 증명해 낼 만큼 내 가슴 속 용기는 단단할까.

확신이 없는 나는 내 용기를 시험해보기 위해 학교에 일주일 동안만 남아보기로 했다.

등교 시간, 떠오르는 해 밑에서 친구들과 달리며 느낀 설렘과 조급함도 급식판 위 음식들과 같이 앉은 아이들의 이야기들이 주었던 배부름도 하교 시간의 해방감과 왠지 모를 씁쓸함도 이게 마지막이라 생각하니 뭐랄까 특별하게 느껴지기도 하고 어느 장면 하나 놓치기 싫어서인지 아니면 흐르는 눈물을 참기 위해서였는지 두 눈에 힘을 주고 있었던 게 기억난다.

즐거운 시간은 순식간에 흘러갔고 이제는 선택해야 한다.

남을 것인가 떠날 것인가.

마음속으로는 이미 결정했지만 결과를 선생님께 말

씀드리러 가는 건 도통 쉬운 게 아니었다.

자리에 앉아 나를 바라보는 선생님의 눈은 아직 기대를 완전히 버리지 않으신 듯한 눈빛이었다.

지금 생각하면, 아니 그때의 나도 확실하게 느끼고 있었다.

나를 그렇게 아끼고 사랑해주신 이 선생님을 아마 나는 평생 잊을 수 없을 것이고 이런 분의 품을 떠나는 결정을 내린 내 각오를 최대한 확실하게 그리고 예의 있게 보여드리는 게 그동안의 가르침에 대한 최소한의 예의라는 것을.

그리하여 나는 천천히 내 결정을 전해드렸다.

하고 싶은 말이 많아 보였지만 선생님께서는 내 각오에서 진심을 느끼셨는지 더는 아무 말도 하지 않으셨다.

잠깐의 대화가 더 오가고 부모님과 선생님 간의 상담 시간도 남아있었기에 난 이만 나가 봐야 했다.

아마 그날의 기억 중 가장 선명했던 건 문밖으로 나가는 나를 바라보시던 선생님의 붉은 눈시울이 아닐까 한다.

학교를 둘러보며 이곳에서 있었던 일들을 하나하나 곱씹어 보았다.

그렇게 길지도 않은 시간이었는데 기억 속의 나는 뭐가 그렇게 즐거웠길래 웃고 있는 모습뿐일까.

나는 한걸음씩 걸을 때마다 기억나는 모든 기억들을 눈과 머리를 넘어 가슴속에 심고 있었다.

그렇게 돌다가 도착한 곳은 늘 보이던 후문, 이제 진짜 가야 할 시간이다.

안녕, 한산중학교.

Look Back in Peace

박 현 숙

너와 나의 다름이 만들어낸 '우리'

"난 조OO이라고 해", "넌 이름이 뭐니?"

낯선 교실, 시선을 떨군 채 앉아 있던 내게 첫 번째로 다가와 말을 걸어준 아이, 교실 안의 정막을 깨는 밝고 당찬 그 아이의 목소리였다. 같은 반 아이들로부터 순간 주목을 받게 된 나는 한층 더 굳은 표정으로 그 친구와 마주하게 되었다. 햇살처럼 밝고 환한 표정으로 날 바라봐주는 그 아이. 그것이 나와 그 친구의 첫 만남이었다. 벌써 37년이나 된 오래전 이야기지만 지금도 또렷하게 생각나는 그날, 그 친구의 얼굴이다. 지금도 크게 바뀌었다 할 수 없지만, 그 당시 중학교 2학년이었던 나는 낯을 많이 가리는 성격 탓에 친구 사귀기도, 내 감정이나 생각들을 표현하는 것도 서툴렀다. 그러기에 그 친구는 나에게 있어 참 신기한 존재일 수밖에 없었다. 첫 만남의 낯섦과 어색함이 조금씩 가실 즈음, 마음 한편에서는 그 친구에 대한 호기심이 생겨나기 시작했다. 처음 나에게 말을 걸어왔을 때 '뭐지? 날 언제 봤다고 아는 척이야?' 했던 약간의 거부감들이 '얘는 왜 이렇게 친한 친구들이 많을까?', '뭐가 항상 저렇게 즐거운 거지?'하는 궁금증으로 바뀌었다. 조금씩 그 친구의 말투나 행동, 장난스런 눈빛에서 나와는 다른 점들을 발견했을 것이다. 나와는 다르기에 더 특별하고, 익숙하지 않기에 더 매력적으로 느껴지는 지점들... 나는 그런 순간들을 통해 사람에게 끌린다는 것이 얼마나 조용하고 자연스러운 일인지 조금씩 배워나갔다.

너와 나의 다름이 만들어낸 '우리'

"우리 집에 놀러 갈래?" 수업이 끝난 어느 날, 그 친구가 이야기했다. 갑작스런 제안이었지만, 같은 반 아이들 몇몇과 함께 친구의 어머니가 하시는 분식집에 놀러 가게 되었다. 떡볶이와 튀김, 순대 등을 파는 작은 가게였는데 주변 초등학교 아이들로 북적이고 있었다. 환한 미소로 나를 반겨주신 친구의 부모님. 그날 처음으로 인사드린 그 친구의 아버지, 어머니를 지금은 아빠, 엄마로 부르고 있다. 같은 반 친구에서 둘도 없는 친구가 되는 동안 서서히 그분들과도 함께하는 시간이 흐르며 자연스럽게 나오는 아빠, 엄마라는 호칭은 더 이상 내게 어색하게 느껴지지 않는다. 친구의 부모님을 자연스레 아빠, 엄마로 부를 수 있다는 것은 인생을 살면서 좀처럼 얻기 힘든 소중한 인연이고 축복일 것이다.

서로 다른 고등학교를 가고 대학을 진학하면서 조금씩 만남의 시간이 줄어들었다. 하지만 학업과 진로의 고민들 속에서도 우리는 늘 1년에 한두 번의 만남을 이어갔다. 모처럼의 만남에도 바로 어제 만나서 수다를 떨었던 사이처럼, 어느새 우리는 시간의 공백을 느끼지 않는 그런 사이가 되었다.

오랜 내 친구이긴 하지만 돌아가신 우리 아빠와 더 친했던 아이. 아빠는 특수교육 교사가 된 친구를 늘 "조 선생"이라 부르고, 친구는 항상 "아빠"라고 답했다. 8개월의 짧은 투병 생활을 하시다가 돌아가신 아빠의 장례 때에도 그 친구는 3일 내내 내 곁을 지켜주었다. 아주 조용하게 하지만 누구보다 듬직하게... 누군가 말했다. "인생에서 나를 위해 울어줄 친구가 세 명이 있다면, 그 자체로 이미 성공한 인생이다."라고. 만약 나를 위해 울어줄 친구가 단 한 명뿐이라면 아마도 이 친구일 것이다. 나를 있는 그대로 인정하고, 말없이 곁을 지켜주는 사람, 나의 안녕과 행복을 위해 늘 기도해 주는 존재, 그친구는 내게 그런 사람이다.

갑작스런 연락을 받고 나는 한계령으로 간다. 가끔 머리를 식히고 싶다거나 한숨 쉬어갈 여유가 필요할 때 그친구는 나에게 한계령에 있다는 연락을 뜬금없이 하곤한다. 그 연락에 나는 기다렸다는 듯이 한걸음에 내 달린다. 맑은 날에도 좋지만 안개가 끼고 비 내리는 한계

너와 나의 다름이 만들어낸 '우리'

령은 운치가 그만이다. 우리는 김이 모락모락 나는 떡라면과 호떡을 맛있게 먹고, 약차를 한잔 하며 별 다른 말없이 한계령의 멋진 풍광을 한참이나 내려다본다. 하늘과 땅이 맞닿는 곳, 끝없이 이어지는 산맥과 그 너머로 펼쳐지는 푸른 숲은 마치 우리가 함께한 세월을 대변하는 듯했다. 말없이 같은 곳을 바라보며 느끼는 감정들. 시간이 멈춘 듯한 고요함 속에서 함께했던 많은 순간들이 떠올랐다. 소소한 행복, 특별하진 않지만 서로에게서 느껴지는 따스함, 말로 표현하지 않아도 느껴지는 서로의 감정들, 그 속에서 우리는 시간의 흐름이나 공간의 변화를 느끼지 못하고 예전 중학교 때 모습으로 돌아간다.

오래전 그날 어색하고 낯선 첫 만남이 없었다면 지금의 나는 어땠을까? 그 친구가 내게 없다는 것이 지금으로서는 상상조차 되지 않지만, 아마도 지금의 나와는 전혀 다른 모습이지 않았을까 싶다. 새로운 학교, 새로운 친구와의 만남은 나를 더욱 가치 있고 풍요롭게 성장시켰다. 나와 다른 사람의 생각과 감정을 이해하고 존중하는 시간을 통해 내 자신을 더 깊이 이해할 수 있었던 것이다.

　앞으로도 우리는 서로 다른 곳을 향해 나아갈 테지만, 그 친구와 나의 다름이 만들어낸 '우리'는, 시간이 흐를수록 더 깊은 의미로 우리를 비춰줄 것이다.

04.

남은 빛을 건네는 일

김 영 미

다시 안아주는 학교

  코로나 19라는 보이는 않는 감염병이 시작되었을 때, 우리는 서로에게서 거리를 두어야 했다. 학교는 문을 닫았고, 학교 안에서 들려야 할 아이들의 웃음 소리는 한동안 멈췄다. 다시 등교가 허용되던 늦은 봄날, 학교 정문에는 커다란 플랭카드가 걸렸다.

  "너희가 오니, 진짜 봄이야."

문장을 바라보는 것만으로도 눈시울이 뜨거워졌다.

언제 벗게 될지 모르는 마스크를 쓴 채, 아이들은 조용히 학교로 돌아왔다. 모니터로 입학식과 개학식을 치뤘던 아이들을 이제야 직접 대면하게 됐다. 그러나, 마스크 뒤에 가려진 얼굴 대신, 드러난 눈빛만으로 어떤 아이인지 상상해야만 했다. 몇 달 만에 급식실에 모여 밥을 먹던 그날, 선생님들은 급식실 앞에서 아이들이 밥을 떠먹는 모습을 바라보다가 '눈물 날 것 같아.' 하셨다. 실제로 눈물을 보이시는 분도 계셨다. 유리창 너머 우리를 본 영양사 선생님은 "잘 먹고 있어요"라는 듯 고개를 연신 끄덕여 주었다. 다시 찾은 일상, 다시 찾은 "내 아이 밥 먹이는 기쁨."

그 작은 풍경 하나가 얼마나 소중한지, 그제야 깨달았다.

급식실 풍경을 보고 보건실에 돌아오니 한 아이가 들어왔다. 아이는 마스크 속에서 웅얼거리며 어디가 아프다는 말을 했다. 잘 들리지 않아 "뭐라고?" 하고 다가섰더니, 아이가 순간 움찔하며 한 발짝 뒤로 물러섰다.

아, 맞다. 몸이 먼저 반응하는 거리두기.

그렇게 우리는 서로에게 '적당한 거리'를 두는 법을 너무 자연스럽게 익혀버렸다.

코로나 이후의 아이들은 자신만의 경계 안에서 세상을 바라보고 있었다.

다른 사람을 배려하려다 보니, 자기 감정은 눌러 삼키는 아이가 있었고, 마음을 나누고 싶어도 방법을 모르는 아이들도 있었다. 서로 상처를 주지 않기 위해 경계 밖으로 나가지 않는 아이들도 있었다. 누군가를 들이기에는, 자신의 경계가 너무 단단해져 버린 아이들도 있었다. 다가갈 수 있는 마음이 있었지만, 다가가는 타이밍을 놓쳐 마음이 겉돌기도 했다. 사람이 그립지만, 선을 넘지 않기 위해 멈춰 서는 마음들.

어느 날, 한 선생님께서 속상해 하는 아이를 안아주시고 토닥여주시는 것을 보았다. 나는 평소 선생님들께 '아이들에게 불필요한 터치는 하지 마세요. 상대의 동의가 없는 스킨십은 폭력이 될 수 있어요. 코로나 이후 더욱 민감해진 아이들입니다.'라고 말해왔다. 보건실에서

남은 빛을 건네는 일(다시 누군가를 안아줄 차례)

파스를 붙여줘야 할 때도 나 스스로 조심한다. 목 뒤나 등처럼 손이 닿지 않는 곳에 파스를 붙여 줄 때면 "내가 파스 붙여줘도 될까?" 마지막에는 항상 말한다. "마지막은 네가 꾹 눌러서 단단히 붙여. 그래야 오래 가." 괜한 오해를 만들지 않기 위해, 최소한의 터치만 하고 나도 움찔 놀라던 마스크 쓴 학생처럼 물러선다. 그런 내가 본 선생님과 아이, 자신의 아이를 많이 안아 주셨던 선생님과 부모님께 많이 안겨봤던 아이였기에 가능한 장면이었다. 어떤 선생님은 "아이를 안아주고 싶을 땐 어떻게 해야 하나요? 내 자식 안아주듯 꼭 안아주면 안 될까요?"

나는 답했다.

"'내가 안아줘도 괜찮을까?'한 번만 물어봐 주시고 동의가 있다면 안아주시면 어떨까요?"

한 학생이 보건실에 들어왔다.

아이와 이야기를 나누다가 "너희들 정말 예쁘다. 어떻게들 그렇게 자기 할 일을 알아서 척척 해내니? 부모님과 떨어져서 기숙사 생활을 하는 것만으로도 대견하다.

너희들 모습이 너무 예뻐서 선생님들은 뭐라도, 하나라도, 더 해주시려고 하는 것 같아. 어휴, 선생님 갑자기 울컥하네…"

내 말에 아이가 갑자기 말했다.

"선생님, 제가 한 번 안아드릴까요?"

그 말이 얼마나 따뜻하게 들리던지, 나는 잠시 멈칫했다.

"어머, 고마워."

우리는 짧은 포옹으로 서로의 등을 토닥였다. 그 순간만큼은 선생님과 학생이라는 관계를 넘어 역할도, 나이도, 경계도 없었다.

안아주는 일은, 사실 너무나 자연스러운 일이었다.

진심이 담긴 포옹, 서로에게 동의를 구하고 나누는 따뜻한 스킨십은 지친 마음을 감싸주는 하나의 언어였다.

코로나의 거리두기로 배려하는 마음을 배운 아이들. 이제는 그 배려하는 마음을 넓혀 따뜻함을 나눌 줄 아는 아이들로 성장해 가고 있다. 마음을 건드리지 않고, 마음에 닿는 방법을 그들만의 속도로 배워가고 있다. 다

남은 빛을 건네는 일(다시 누군가를 안아줄 차례)

시, 안아주는 '사람'이 있는 학교에서 우리는 천천히 배우는 중이다.

내가 받았던 도움의 손길들, 그것에 보답해 나가는 나의 이야기

나는 초등학교 때부터 쭉 남이 정해주는 삶을 살아왔다.

지금은 정말 좋아하게 된 그림도, 처음부터 내가 선택한 건 아니었다. 그림을 진로로 정하게 되었던 건 집에만 있으려는 나를 밖으로 내보내기 위해 어머니가 반강제로 미술학원에 등록해 버렸기 때문이다. 애니고등학교 입시 역시 내가 원해서 시작한 것이 아니라, 학원 선생님이 "너도 이제 중3이 되었으니 애니고등학교 입시 한 번 해보는 게 어떻냐"라고 권유해 시작된 일이었다.

나는 친구들과 선생님들의 권유가 아니면 절대 내가 먼저 도전하고 관심을 갖지 않는 아이였다. 하지만 그런 내게 신선한 충격을 주었던 건 고등학교 시절을 보내며 만난, 나와 정반대의 성향을 가진 한 친구였다. 그 친구는 나와 다르게 자신이 하고 싶은 일이 확실히 있었으며 그것을 달성하기 위해 직접 발로 뛰고 정보를 찾으며 인생 계획을 직접 짜는 친구였다.

지금이야 말하는 거지만 나와 정반대인 친구를 처음 만났을 때 느낀 첫인상은 '왜 저렇게 귀찮게 살까'라는 감상이 컸던 것 같다. 내가 먼저 나서지 않아도 흘러가는 것이 인생인데 '어떻게든 되지 않을까'라는 좌우명으로 살고 있던 내겐 그 친구는 조금 특이해 보였던 것 같다. 하지만 학년이 올라가서 같은 반, 같은 동아리가 되고 더 나아가 같은 룸메이트가 되면서 그 친구와 붙어 있는 시간이 정말 길어지게 되었다. 가까이서 지켜볼수

내가 받았던 도움의 손길들, 그것에 보답해 나가는 나의 이야기

록 그 친구가 계획하고 상상하는 모습이 정말 빛나 보이고 멋있어 보이기 시작했다. 그다음부터 나는 '그 친구처럼 살아보자'라는 다짐을 했다.

우선 내가 잘하는 것과 좋아하는 것을 고민해 보았다. 그러다 언어에 강점이 있다는 걸 떠올렸고, 자연스럽게 일본 유학이 목표로 자리 잡았다. 하지만 혼자서 시작하기엔 정보도 너무 없고 어디서부터 시작해야 할지조차 막막했다. 그렇게 헤매고 좌절하던 순간 학교에서 일본 입시를 준비하던 선배님을 알게 되었다. 나는 먼저 도움을 청하는 것이 처음이라 머뭇거렸지만 선배님은 거의 초면이었던 내게 친절하게 아주 많은 정보를 자세하게 알려주셨다. 내가 실기 준비를 할 수 있었던 학원과 일본어 자격증 공부 방법까지. 선배님에게 있어선 작은 도움이었을진 몰라도 처음이었던 내겐 오래 기억에 남고 정말 감사했던 순간이다. 그때 받은 정보를 바탕으로 대학에 가기 위해 나는 학원도 등록하고 일본어도 본격적으로 시작할 수 있었다.

정말 힘든 시간도 많았지만 내 롤모델이 되어줬던 그

남은 빛을 건네는 일(다시 누군가를 안아줄 차례)

친구처럼 이루고 싶은 목표를 위해 스스로 노력을 하던 내 모습 또한 빛나 보였다.

　그리고 마침내 그렇게 원하던 대학에 합격하는 목표를 이루고 학교에 돌아오니 그때의 나처럼 일본 유학을 가고 싶은 친구들이 내게 정보를 물어왔다. 그 순간, 나는 대학 합격의 기쁨보다도 내가 받았던 도움들을 보답할 수 있는 순간이 왔다는 게 더 기뻤다.

　사람이 서로 돕고 도움을 받는다는 것은 정말 아름다운 일임을 그때 다시 깨달았다.

내가 받았던 도움의 손길들, 그것에 보답해 나가는 나의 이야기

김 남 오

아직 다 자라지 못한
마음에게

  그런 생각을 하곤 한다. 어쩌면 우리는, 몸만 늙어가는 어린아이들일지도 모른다고.

  추운 겨울, 입김이 하얗게 피어오르던 날. 나는 이 학교의 문을 넘었다. 그때의 나는 무엇도 알지 못한 채, 모든 것이 새롭고 커 보였으며, 학교는 마치 내가 꾸던 꿈만큼 거대하게 보였다. 그 시절의 나는 그 순간의 행복이 영원히 지속될 것처럼 믿었고, 시간은 그저 나를 따라 흐르기만 할 것처럼 느껴졌다. 그 순간이 아직도 내 마음 속에 뚜렷하게 새겨져 있다.

모든 것이 낯설고, 사람들은 멀게만 느껴졌다. 새로운 환경에 적응하는 것이 어려워서 한동안은 세상과의 거리가 멀게만 느껴졌지만, 그 속에서 조금씩 나는 내 자리를 찾아가고 있었다. 나와 비슷한 사람들을 만나고, 그들과 시간을 보내며, 어느새 나는 점차 이 공간에 녹아들어갔다.

시간이 지나면서 나는 비로소 깨닫는다. 우리가 서서히 자라며 어른이 되어가는 과정 속에서 가장 중요한 것은 서로의 존재를 채워 나가는 일임을. 우리가 만든 순간들, 나누었던 대화들, 우리의 웃음과 눈물들이 결국은 이 시간을 풍요롭게 만든다는 것을.

그런 깨달음 속에서도 가끔은 마음 한편이 조용히 흔들린다. 어쩌면 흐르는 시간과 달리 내면의 나는 어딘가에서 멈춰 고개를 숙이고 있는 건 아닐까? 몸은 자라나고 외형은 변해가지만, 내 마음속의 나는 여전히 불안하

아직 다 자라지 못한 마음에게

고 때로는 두려워하며, 작은 것에 쉽게 기뻐하고 슬퍼하는 어린아이처럼 느껴질 때가 있다.

내가 성장하고 있다는 사실을 받아들이기 어려운 이유는, 아마도 그만큼 내 안에 숨겨 두었던 불안정함과 마주해야 하기 때문일 것이다. 지나온 고통과 상처는 마음속의 그 어린아이를 다루는 법을 아직 온전히 배우지 못하게 만든 것도 같다.

때때로 삶이 길고 무겁게만 느껴질 때가 있다. 끝이 보이지 않는 여행길에 홀로 선 듯한 기분이 찾아오기도 한다. 지나간 시간 속에서 내가 무엇을 얻었는지, 앞으로 나아가야 할 방향이 무엇인지 알 수 없는 순간에는 불안이 더욱 커져 나를 덮치곤 한다.

그럼에도 나는 생각한다. 그 긴 여정 속에서 만나는 사람들과의 소소한 순간들이 결국 내 삶을 의미 있게 만들어 준다는 것을. 서로의 삶 속에서 나누는 웃음과 대화, 따뜻한 손길과 위로가 결국엔 인생의 가장 큰 선물이 아닐까. 우리가 그리워하는 것도 바로 그런 순간들이 아닐까… 하고.

그리움은 그렇게, 시간이 흘러도 변하지 않는 무언가처럼 나를 감싼다. 어쩌면 나는 과거의 나를 그리워하고 있는지도 모른다. 그때의 나를 떠올리며, 그때의 순수함과 꿈을 다시 품어보고 싶은 마음이 들곤 한다. 그 시절의 나와 지금의 나를 비교하며, 때로는 그때의 나를 더 아름답게 기억하고 있는지도 모르겠다.

그러나 그리움 속에서도 나는 지금 이 순간을 살아가고 있음에 감사할 수 있기를 바란다. 지나온 시간들이 그저 흘러간 것이 아니라 오늘의 나를 만들기 위해 소중하게 쌓여 왔다는 사실을 느낄 수 있기를. 그리움 속에서도, 결국 내가 만든 이 순간들이 얼마나 중요한지를 깨닫고 지금을 놓치지 않도록 다짐한다.

우리는 모두 길을 걷고 있다. 각자의 길을, 각자의 속도로. 서로가 만나는 순간들 속에서 우리는 서로의 시간과 감정을 나누며, 더 나은 사람으로 성장해 나가는 것 같다. 그때의 나와 지금의 나를 잇는 모든 순간들이 결코 헛되지 않도록, 우리는 더욱 그 순간들을 소중히 여기며 살아가야 함을 느낀다.

우리가 만나는 모든 순간이 소중하고, 그 순간에 담긴 의미가 시간이 지나도 변하지 않기를. 그 놀라움과 설렘을 오래도록 간직할 수 있기를.

남은 빛을 건네는 일(다시 누군가를 안아줄 차례)

꼰대도 꿈을 꾼다

1st - 만화가게 사장님

내 인생 최초의 꿈은 만화가게 주인이었다. 아직 학교 가기에 어린 나이라 동무 없이 무료하게 긴 하루를 보내야 했던 나는 동네에 유일하게 있던 콧구멍만 한 만화방에 가는 게 큰 재미였다. 놀거리가 없어 그림 보는 재미로 만화책 장을 넘기며 자연스럽게 한글을 익혔다. 초등학교에 들어가서는 본격적으로 만화방을 드나들었는데, 만화방에 가져다 바치는 돈이 내 용돈에 비해 수월찮았다. 그러다 어느 날 한가하게 책을 정리하고 곁방에서 누워 텔레비전을 보는 주인 내외를 보며 "와, 정말 만화방 주인이 되면 돈도 안 내고 만화책을 실컷 볼 수 있으니 얼마나 좋아."하며 이다음에 크면 만화방 주인이 되어야겠다고 생각했었다.

2nd - 국가대표 농구선수

그러던 중 집 근처 학교에 농구부가 생기면서 내 인생은 완전히 새로운 방향으로 접어들었다. 그 당시에도 가끔 텔레비전에서 농구 경기를 중계했는데 언니들이 뛰어가면서 공을 주고받고, 슛팅하는 모습이 너무 신기하고 멋져 보였기에 말 그대로 "자네, 우리 학교 농구부에 들어오지 않겠나?"하는 제의를 망설임 없이 받아들였다. 그렇게 초등학교 4학년 때부터 시작한 농구는 중3 때까지 내 인생의 모든 것이 되었다. 태극기를 가슴에 품은 "국대"의 꿈은 만화방 주인 그것과는 비교도 할 수 없이 간절하고 절실한 것이었다.

꼰대도 꿈을 꾼다

운이 좋게도 나는 팀의 주전이자 주장으로 뛰었고 우리 팀은 항상 전승에 가까운 기록을 냈다. 그러나 대부분의 선수가 각자의 사정으로 중도 포기나 탈락을 경험하는 것과 같이 나도 중3 졸업 무렵 허리가 고장이 났다. 크게 부상 당한 것은 아닌데 시름시름 아프던 허리가 걷지도 못할 만큼 아파서 용하다는 병원과 한의원을 찾아다녔지만 큰 차도 없이 시간이 흘렀고 고등학교 입학을 정하는 시기가 왔다. 그때 진급이 예정된 고등학교의 코치 선생님은 선수들을 심하게 학대했다. 추운 겨울날 엎드려뻗쳐를 시키고는 꽝꽝 언 언니들의 손을 발로 짓뭉개기도 했고, 열중쉬어를 하고 있는데 느닷없이 복부를 주먹으로 가격하는 건 예삿일이었다. 그때 그분이 너무나 무섭고 싫어 미련이 남아있던 운동을 관두고 말았다.

3rd - 공부만이 살길

운동을 관둔 후 나의 세 번째 꿈은 막연히 공부 잘하기가 되었다. 그즈음 아버지의 사업이 기울어있어서 집안에 그다지 여유가 없던 탓에 오로지 공부만이 살길이

남은 빛을 건네는 일(다시 누군가를 안아줄 차례)

라고 생각했던 것 같다.

　새벽, 오전, 오후, 때로는 야간까지 하루 종일 했던 운동 대신 공부를 했다. 이때 운동으로 다져진 체력이 큰 도움이 되었다는 말을 꼭 하고 싶다. 앉아서 버티기는 훈련에 비하면 정말 쉬웠고, 새로운 지식을 머릿속에 착착 쌓아가는 과정도 재미있었다. 그러다 고 3이 되어서 좋아하는 국어와 잘하는 체육의 영향으로 국문학과와 체육교육과를 고민하다가 교사가 되는 것이 안정적인 밥벌이가 되겠다 싶어서 담임선생님의 만류에도 불구하고 체육교육과를 선택하였다.

4th - 체육 교사

　이제 네 번째 꿈이 생겼다. 체육 교사. 4년의 대학 생활을 마치고 처음 부임한 학교는 서울의 외곽에 있었다. 집에서는 서울의 끝에서 끝으로 가야 하는 거리였고, 매일 같이 먼 길을 오가야 했다. 그런데도 새벽별을 보며 집을 나서 출근하기 전에 수영 강습을 받았고, 학교 근무를 마치고는 주 2~3회 대학원까지 다니면서 처총회(그 당시에 대부분의 학교에 있던 처녀, 총각 선생님들

의 모임) 모임도 열심히 했고, 연애도 했으니 참 대단한
체력이 아니었나 싶다. 그래서 또 한 번 말하고 싶다. 체
력이 좋으면 인생이 풍요롭다.

5th - 아무것도 꿈꾸지 않는 꿈

지금껏 나는 어린 시절 농구선수를 한다고 나선 때부
터 단 한시도 목표 없이 살아본 적이 없다. 언제나 이루
어야 할 목표가 있었고 꿈이 있었다. 그러나 이제 교직
을 나서면서 처음으로 아무것도 바라지 않고, 아무것도
욕심내지 않는 삶을 생각한다. 목적, 목표, 꿈이라는 말
이 이젠 당연하지도, 반갑지도 않다. 이제 내 꿈은 당분
간 아무것도 꿈꾸지 않는 것이 될 것이다. 어느날 나도
모르는 사이에 내 가슴을 뛰게 할 새로운 꿈이 깃들 때
까지는 꿈을 품지 않을 것이다.

추신: 강애니(강원애니고등학교 학생들을 칭하는 애
칭)들은 전국 각지에서 자신의 꿈을 향해 모여든 영재
들이다. 전공 실기와 과제로 늘 바쁘고 힘들지만, 그 와
중에도 전공 동아리는 물론, 밴드, 댄스 등 다양한 동아
리 활동을 활발히 하고 친구들과 서로 돕고 우정을 나누

남은 빛을 건네는 일(다시 누군가를 안아줄 차례)

며 반짝이는 청춘을 살고 있다. 그 모습을 보면 늘 대견하고 기특하다. 지금 그들이 꾸는 꿈은 언젠가 이루어질 수도, 혹은 다른 모양으로 바뀔 수도 있다. 하지만 그것이 무엇이든 괜찮다. 꿈은 바뀌어도, 나는 변하지 않는다. 오늘의 너희가 무엇을 꿈꾸든, 그 길 위에서 행복하길 바란다.

꼰대도 꿈을 꾼다

우리가 8살에서
19살이 되기까지
함께 놀고 배우고 때로는 다투며 성장한
나와 친구들 이야기

지금 펼칠 이야기는 함께 놀고 배우고 때로는 다투며 성장한 나와 친구들 이야기이다. 가명을 사용해서 이야기 하고자 한다.

이제 겨우 20살에 가까워졌지만 그런 내가 살면서 느낀 건 내가 인복이 있다는 것이다. 그동안의 담임 선생님들과 여러 미술 선생님 등 학교에서 만나는 사람에 대한 인복이 조금 많은 것 같다. 그 중 가장 오랫동안 꾸준히 나에게 영향을 미치며 성장할 수 있게 해준 인연에 대해서 말해보려 한다. 사실 나는 사회성이 그다지 좋지 않았다. 남들의 눈치를 볼 때 차라리 혼자 일을 해결하는 편이라 숨긴다고 해도 조금씩은 티가 났을 것이다. 예전에는 더욱 심했었다. 지금 되짚어 보더라도 다른 이들의 눈치나 이러저러한 것들을 살핀 기억이 없다. 그런 내가 어느 정도 분위기 파악을 할 수 있는 지금에 이른 것은 내 오랜 친구들의 공이 아주 크다고 할 수 있다.

초등학교 1학년 시절 우리는 1학년 2반 모임으로 뭉쳐있었다. 부모님들께서 방학 때마다 우리를 데리고 여러 곳으로 여행 다니셨던 기억이 있다. 동굴에 있는 박쥐도 보러 가고 펜션에 있는 수영장에서 다 같이 수영하기도 했다. 가끔은 여러 박물관에서 퀴즈를 풀며 역사를 주제로 공부했던 기억도 있다. 그 친구들과 지내면서 나는 사람과 대화하는 법을 배웠고, 상대방에게 어떻게 내 의사를 표시해야 하는지를 배웠다. 중학교에 올라와서는 코로나로 인해 여행에 가지 못했지만 서로 바쁜 것은 아니었기에 꽤 자주 소통했던 기억이 있다. 특히 그중 민선이라는 친구와는 서로 집도 자주 놀러 가며 지냈다. 취향, 생활 방식 등은 모두 달랐지만, 집순이라는 것과 유머 코드가 비슷해 티격태격하면서도 크게 싸우지는 않고 지냈다. 거의 매일 붙어있다 보니 언젠가부터 서로의 프라이버시가 사라져가는 것을 느꼈다. 그렇게 지내던 중 민선이와 다투게 되었는데, 그저 짜증 섞인 한두 마디뿐이었지만 그 당시 나는 친구와 제대로 다퉈본 적이 없었기에 그조차도 너무나 무서웠다. 그날은 둘 다 더 이상 대화를 하지 않고 헤어졌기에 '앞으로도 계속 그럴까?' 하며 두려워했지만 정말 아무렇지도 않게 다음날 대화를 하는 분위기에 머쓱하게 사과를 건넸었다. 이 이후로는 조금 더 풀린 마음으로 다툼을 두려워하지 않고 서로가 진정한 상태에서 해결하려고 노력했다. 그 덕분에 나는 친구와 갈등이 일어났을 때 풀어내는 법에 대해서도 배우고 무언가 문제가 생겼을 때 내 예상보다 풀기 쉬운 문제일지도 모른다는 용기를 얻게 되었다.

지금은 첫 친구와의 다툼이 민선이어서 다행이라는

남은 빛을 건네는 일(다시 누군가를 안아줄 차례)

생각도 든다. 민선이가 아닌 다른 친구였다면 아마 더 쉽게 다가가지 못해 그대로 더 대화를 나누지 못했을지도 모른다. 내 친구들은 알지 모르겠지만 그 친구들로 인해 많이 성장하고 지금도 그때의 기억을 통해 성찰하며 나아가고 있다. 초등학교 기억의 일부에서 인생의 한 조각이 되어준 친구들에게 고맙다. 누군가는 초등학교에서 만난 인연이 그렇게 중요하지 않다고 할 수도 있다. 하지만 나는 초등학교에서 만난 친구들과 친구들의 부모님을 통해 사람들과 소통하는 법을 배우고 화해하는 법을 배웠다. 지금은 내가 그 초등학교에 배정되어서, 그 반에 입학하게 되어서 정말 다행이라고 생각한다. 그리고 누구나 이런 인연을 만들 수 있다고 생각한다. 지금 학교를 졸업했는지 아닌지는 중요하지 않다. 한 번 안부를 물어보는 것만으로도 그때의 추억과 인연의 뿌리를 뻗어나갈 수 있다.

나를 선생님으로 만들어준
학생들에게

산학겸임교사로 강원애니고와 인연을 맺은 지 몇 년이 지났지만, 그보다 먼저 애니고와 인연이 있었다. 큰아이가 애니고에 입학 후 지금은 대학 졸업, 군 제대 등을 마치고 애니메이션회사에 입사해 열일 중인 사회 초년생이 되었으니 꽤 긴 인연의 끈이 연결되어 있다고 볼 수 있다. 학부모의 관점에서 학교를 바라볼 때와 교사로서 학교를 바라볼 때는 사뭇 다른 점이 많았지만, 늘 그 중간 어딘가의 자리에서 학교생활을 하는 듯했다.

처음 학생들을 만나던 날의 설렘은 지금 생각해도 얼굴에 열감이 느껴질 정도다. 꿈을 찾아 훨훨 날아온 용기 있는 어린 학생들에 비해 나는 처음 해보는 교사란 역할에 기대감과 더불어 약간은 떨고 있었기 때문이다. 꿈을 찾아 목표를 정하고 어려운 결정을 하고 집을 떠나 낯선 곳으로 온 학생들의 표정은 다양했다. 그들의 치열하고도 멋진 성장드라마를 바로 곁에서 생방송으로 지켜보는 행운을 얻은 나는 그들의 방구석 1열 팬이 됐다. 매일 그들이 만든 드라마를 책상에 앉아 손목이 아프도록 보고 또 보다 보니 자연스럽게 그렇게 된듯하다.

성장이란 것은 긍정적인 부분과 부정적인 부분 모두를 포함한다는 생각이 든다. 긍정과 부정의 극과 극을 오가며 중도를 찾아가는 학생들의 멋진 연기에 늘 감탄하며 매일 반하고 있다. 나 또한 어떤 하루는 보람에 극락을 맛보고 어떤 하루는 실망의 극치를 맛보며 평화롭게 삼킬 수 있는 맛을 찾아가는 중이다. 지금은 이렇게

나를 선생님으로 만들어준 학생들에게

말할 수 있는 여유도 있지만, 처음 학교에서 아이들과 마주 했을 때를 떠올리면 지금도 아찔한 생각이 든다.

그들은 배움의 갈증이 가득했고 나의 한마디 한마디를 놓치지 않으려고 집중했다. 그 눈빛들을 보며 생각보다 큰 책임감이 나를 누르기도 했고 뭔지 모를 설렘에 밤잠을 설치기도 했다. 그때는 그게 무엇인지 잘 몰랐다. 서툴지만, 최선을 다했고 늘 모자란 느낌이 들어 수업이 끝나면 너무 허무했다. 그런 나를 여기까지 이끌어 준 것은 결국 학생들의 눈빛 속 응원과 질책이었다. 내가 힘들어 뭔가 포기하고 싶은 순간이 오면, 내 입에서 나오는 말 한마디라도 놓치지 않으려고 집중하고 있는 그 눈빛을 보며 정신이 들곤 했다. 좀 더 배우고 좀 더 알고 싶으니 더 가르쳐 달라는 질책의 눈빛도 나에겐 에너지가 되었다.

선생님이라 불리며 학교생활을 하지만, 난 학생들을 부모의 눈으로 바라볼 때가 훨씬 많다. 늘 궁금한 것은 작업을 어디까지 했나 보다는 밥은 먹었는지 잠은 충분히 잤는지다. 그런 나를 선생님이라는 생각을 하게 만든 학생이 한 명 있었다. 내가 이 학교에 와서 처음 만난 3학년 학생 중 한 명이었다. 늘 열심히 수업에 참여하며 하나라도 더 배워가고 싶은 질문이 많은 학생이었다. 나 또한 하나라도 더 알려주기 위해 질문받은 내용에 대한 답이 맘에 들지 않은 날이면 모든 자료를 조사해서 하나라도 더 알려 주기 위해 노력했다. 나를 그렇게 만들어 준 학생이 처음으로 내게 편지를 써서 주던 날을 나는 지금도 잊을 수가 없다. 혼자 읽으며 눈물이 났고 더 책임감 있게 이 직책을 수행해야 한다는 생각이 들었다. 한 명, 두 명 그렇게 나를 선생님으로 만들어준 학생들은 늘어갔으며 또 학교를 떠나갔다. 해마다 반복되는 이 시즌은 익숙해 지지가 않는다. 사랑스럽고 자랑스러운 나의 주연 배우들, 그중에서 이제 이 무대와 이별을 앞둔 올해의 3학년을 보고 있으니 또 새삼스레 졸업생들이 떠오른다. 이제 각자의 인생 드라마를 위해 20개의 길로 갈라진 고3 인생 배우들에게 하고 싶은 얘기가 있다.

"지금까지 너무나 잘해왔고 각자의 이야기로 그만큼

노력하고 향상한 자신을 믿어도 좋아.' 불안하고 막막한 순간이 와도 자신을 믿고 가던 길을 가길 바래. 실패는 나쁜 것이 아니라 배울 기회야. 그렇게 많이 시도하고 많이 실패한 사람만이 경험을 쌓을 수 있대. 시도한 사람에게만 생기는 용기라는 선물도 있어. 인생의 중요한 시기인 건 맞지만, 마지막 기회는 아니란 걸 기억해.

애니메이션은 단순히 움직이는 그림을 그리는 것이 아닌 나를 표현하는 방식이라 생각해. 나만의 스타일을 찾길 바래. 누군가와 비교하기보다는 길게 보고 자신만의 길을 걸어가. 나의 스타일을 찾기 위해서는 비교가 아니라 새롭고 다른 것에 대한 탐색이 필요해. 학교에서 작업 시간은 사회에서의 작업 시간과 비교하면 달디단 꿀과 같아. 영양가 높은 꿀을 잘 먹었으니 영리한 꿀벌이 되길 바래. 모든 분야에서 비법은 없어. 연습과 노력이 비법이란 거 이젠 다 알고 있지? 누구나 할 수 있는 선택이야. 지금 내 앞에 앉아 있는 여러분들이 누구나 할 수 있는 이 선택을 하길 진심으로 바래. 그리고 이 선택을 하더라도 고립되지 말고 사람들과 연결 되길 바래.

남은 빛을 건네는 일(다시 누군가를 안아줄 차례)

이 연결의 가장 쉬운 방법은 아주 평범한 인사예요. 인사 하나로 좋은 인연이 시작될 수 있음을 꼭 기억해요.

애니메이션을 선택한 우리 학생들은 정적인 작업을 하게 되니까 무리하지 말고 늘 자신의 건강을 돌보는 것이 가장 중요하다는 걸 잊지 말아줘. 자기 자신을 소중히 여기는 것은 외부의 영향으로부터 나를 지키는 가장 좋은 방법이더라고.

이제 애니고에서의 성장드라마는 막을 내리지만, 각자의 주어진 역할이 기다리고 있어. 당연히 주인공은 각자겠지만, 연출 감독까지 하면서 뜻하는 대로 완성하길 진심으로 바래. 내가 보기엔 충분히 자격을 갖추었거든 국내 드라마뿐 아니라 해외 진출 드라마도 기대하고 있을게. 모두에게 행운이 가득하길 바래.

꿈꾸는 애니고 애니 전공 학생들을 만나 나 혼자만 신난 건 아닌지 은근히 걱정도 되지만, 나를 이렇게 선생님으로 만들어 줘서 늘 고맙게 생각하고 있다. 잊을 수 없는 편지를 보내준 학생부터 고민에 휩싸이게 했던 학생들까지 한 명, 한 명, 어디서 무슨 일을 하든 멋진 인생을 살고 있을 나의 배우들, 너희들의 영원한 방구석 1열 팬이 되어 영원히 응원 할 거다."

파이팅!

남은 빛을 건네는 일(다시 누군가를 안아줄 차례)

모인 이야기를 다시 보니 감회가 참 새롭다. 처음 책을 함께 써보자는 손길에 '과연 내 이야기가 의미 있을까'하는 망설임이 앞섰다. 하지만 혼자라면 어려웠을 미지근한 마음도, 함께였기에 도전하는 용기가 되었다. 서로 다른 자리에서 각자의 시간을 살아온 우리가 하나의 같은 장소, '학교'라는 이름 아래 이야기를 모았기에 실

현될 수 있었다.

우리는 글을 쓰는 동안 다시 교실로 돌아갔다. 이미 지나온 날들을 천천히 더듬기도 하였고,

아직 마음속에 정리되지 않은 장면 앞에서 한참을 머물기도 하였다. 때론 지극히 평범했던 하루가, 때론 아무에게도 말 못할 순간이, 때론 낯선 상황에 휘몰아치던 감정이, 때론 묵묵히 가슴 한편에 간직해둔 관계가 글이 되어 비로소 의미를 얻었다. 쓰는 일은 기록이자 질문이었고, 나 자신과 학교를 다시 바라보는 시간이었다.

학교(배울 학 學, 가르칠 교 校): 배우고 가르치는 곳.
학교는 역사 속에서도, 세계 곳곳에서도 늘 있어 왔다. 각각의 학교가 지닌 모습은 다를 테지만 그 근원적인 의미는 크게 다르지 않을 것이다. 우리는 학교에서 무엇을 배우고 가르치는가. 흔히 학교에서는 학생만 배우고 교사만 가르친다 생각하지만 오늘날 학교는 모두

가 함께 어울리고 서로에게 배우며 성장하는 곳이다.

지식뿐만 아니라 감정과 관계를 배우며 자라나는 학생, 학교와 아이를 믿고 가정 안팎으로 헌신하는 학부모, 부모 다음으로 아이들의 삶을 마주하며 꿈과 성장을 함께하는 교사.

우리는 이들의 일기를 통해 학교에서 무엇을 배우고 가르치는지 들여다보았다. 우리 모두는 이곳의 주인공이었다. 어느 교실에서나, 어느 가정에서나, 어느 마음속에서나 누구에게나 공감될 기억과 추억들로 말이다.

누군가에게는 지금 겪고 있는 현실로 다가갈 이 이야기를 통해 학교를 다시 바라보자. 학생에게는 소중한 존재로서 혼자가 아니라는 것을, 학부모에게는 불안 속에서도 아이는 하루하루 자라고 있다는 것을, 교사에게는 여전히 그 자리가 빛나고 있다는 것을 전하고 싶다.

학교에서 사람 간의 만남과 성장이 이 책에 담겼다. 한 사람이 품고 있는 생애야말로 얼마나 다채롭고 값진지, 풍성한 아름드리 삶이 어우러져 또 다른 시간을 만들어냈다. 작은 사회인 학교에서 그 삶의 가치를 깨닫고 우리는 더 넓은 세상으로 한 걸음 더 내딛는다.

그렇게 서로를 배우고 성장시켰다.

바로 이곳, 학교에서.

김예은

구하경
처음 보는 모든 것 속에서 친구를 사귀고 싶은 고등학교 1학년

슬픔의 눈물로 젖은 고등학교 새학기 첫날,
그리고 그 눈물이 기쁨이 된 다음날

김남오
삶의 끝에 헛됨만이 남지않게 발버둥치며 달리는 인간 만 16세 고2 한국나이 18세, 그래피티를 좋아하며 그림을 그린다. 끝을향해 달리기 시작한지 148,521시간째 완결까지 대략 668,344.5시간

"어른이 된다는건 세상을 이해하는 일이라지만, 나는 아직 놀라움을 믿는다." *v+

김영미
사람들의 마음에 설렘의 싹을 틔우는 보건교사

다시 안아주는 학교. '선생님, 제가 한번 안아드릴게요.'

김예은
역사로 지혜롭게, 사랑으로 지내고 싶은 교사

사랑, 사랑, 삶을 배우는 학교. 사회초년생 교사가 학생들에게서 배워가는 교단

문한나
이상과 이성을 모두 이루고픈 학생

당신의 재능은 무엇인가요? 내가 운동부를 하며 배운 재능과 노력에 관한 이야기.
우리가 8살에서 19살이 되기까지 함께 놀고 배우고 때로는 다투며 성장한 나와 친구들 이야기.

박정희
춘천에 사는 두 자녀의 엄마. 비움과 채움의 시간을 통해 평생 자라고 싶은 성장기 어른

하루가 반짝이는 곳.
아이 덕분에 성장하는 부모, 내 아이의 눈을 통해 학교의 수많은 빛깔을 다시 배운다.

박현숙
사람과 자연을 이어주고 숲의 소중함과 마음의 평안을 이야기하는 해설사

나와 전혀 다른 존재를 만나 '다름'속에서 새로운 세상을 발견하고, '친구'라는 소중한 존재를 알게 되는 과정의 이야기

신연희
토마토가 되고 픈 학생 인스타그램@bored_1y

불안했던 봄을 지나, 나를 피워냈던 말

신정은
붉은 국화꽃을 좋아하고, 차가움 속의 따스함과 여유로움을 사랑한다. 나는 행복한 사람이다.

삶의 바람속에서도 흔들리고 견디며 엄마로서 한걸음씩 성장해온 나의 이야기

오유진
무에서 유를 창조해나가는 학생

아무것도 몰랐던 내가 학교에서 받았던 따뜻한 도움의 손길들.
그것에 보답해나가는 이야기.

윤준서 세상에 나와버린 우물 안 개구리

'인간아.' 이맘 한마디를 나에게 묻는다.

처음본 세계, 처음 만난 인생들. 그곳에서 내가 느낀 솔직한 감정의 이야기

이민지 학생들과 함께 성장 중인 디자인 교사

학생들의 크고 작은 꿈을 지켜며, 곁에서 함께 성장하는 이야기

이승원 그저 존재하기에 살아가는 학생

넌 홀로서기

이태오 실수투성이에 불안감부자 17세 인간 이태오, 후회마저 긍정하고 받아들이는
남자가 되는 것이 인생 목표 1000가지 중 한개

후회로 열룩진 줄 알았지만 그 열룩이 모이고 모여 만들어진 예술작을 "'나"

임병훈 매 순간 도전하며 학생들에게 추억을 선물하고 싶은 교사

애니메이션 고등학교에서 병화 동아리 당당을 맡게된 과학 교사

잠업 중 잇기 못할 에피소드들과 서로 몰들어가는 날들

정연희 애니고 학부모에서 애니고 교사가 된 애니메이터

꿈을 이루기 위해 노력하는 애니고 학생들을 사년간 지켜보며 성장드라마 한 장면갈
다는 생각을 많이 했다~ 만남과 헤어짐을 반복하며 느낀 경험들과 졸업을 앞둔 3학년학생
들에게 하고 싶은 이야기.

정유주 배우는 자, 서툴지만 진심이었던 사람

내 인생의 한 시절이자, 아직 담지지 않은 사진첩

정하진 유리멘탈, 아직은 사랑만 받고싶은 마음 인스타그램@h0_c0r1

가족의 품에서 벗어나 작은 사회를 경험하며 만난 나의 소중한 인연들

차서윤 삶의 의미를 찾으려 하며 매일을 열심히 사는 학생

평범한 일상 속 만나게 된 모든 걸 하는 사람, 재능을 가진 친구를 질투하지만 그 친구로
인해 인생의 전환점을 가지게 되는 나의 이야기

최데레사 교직생활의 마무리 시점에 있는 체육교사

성장과 함께 병화해온 나의 꿈, 학교에서 만난 잊혀지지 않는 아이들에 대한 회고

홍성준 이정표와 안식처가 되어주고 싶은 교사

때론이 필요한 학생, 공감이 필요한 학생
초등학생대부터 공부를 포기했던 학생이 처음으로 달려던 순간과.
꿈이 없어 불안해하던 학생에 대한 이야기.

학교를 말할 때 내가 하고 싶은 이야기

초판 1쇄 발행 2026년 1월 10일

지은이 구하경 김남오 김영미 김예은 문한나 박정희 박현숙 신연희 신정은
오유진 윤준서 이민지 이승원 이태오 임병훈 정연희 정유주 정하진
차서윤 최데레사 홍성준

펴낸이 서연남

펴낸곳 ㈜도서출판 이음

편집주간 원상호

교정 교열 권경륜

본지 그림 신연희

삽화 신연희 정하진

디자인 디자인SNR

출판등록 제419-2017-00013호

주소 26404 강원특별자치도 원주시 흥업면 한라대길 28,
한라대학교 창업보육센터 203호

전화 033-761-3223   **팩스** 033-766-8750

전자우편 iumbook@naver.com   **인스타그램** @iumbook

ISBN 979-11-993905-4-6